牛

吴煦斌

牛

OXFORD
UNIVERSITY PRESS

OXFORD
UNIVERSITY PRESS

Oxford University Press is a department of the University of Oxford. It furthers the University's objective of excellence in research, scholarship, and education by publishing worldwide. Oxford is a registered trade mark of Oxford University Press in the UK and in certain other countries

Published in Hong Kong by
Oxford University Press (China) Limited
39th Floor, One Kowloon, 1 Wang Yuen Street, Kowloon Bay,
Hong Kong

First Edition published in 2016

3 5 7 9 10 8 6 4

牛

吳煦斌

ISBN 978-0-19-048166-7

本書根據素葉出版社一九八〇年版修訂出版

封面畫作：梁以文

目錄

吳煦斌的短篇小說

劉以鬯

中國現代短篇小說浩如煙海，像〈獵人〉與〈牛〉那樣具有獨特風格的，並不多見。讀《金鎖記》，我驚服於張愛玲在小說中顯現的智能。讀〈獵人〉與〈牛〉，吳煦斌在小說中顯現的智能同樣令我驚服。張愛玲是綠叢中的紅，寫小說，有特殊的表現手法。吳煦斌的小說，為數不多，也常能令人感到新鮮。兩人之間只有一點相似：與眾不同。張愛玲小說無處不是刺繡功夫的纖細精巧，民族色彩濃；吳煦斌的小說民族色彩淡，卻充滿陽剛之美。向叢林與荒野尋找題材的吳煦斌，是一位有抱負的女作家。趙景深曾對羅洪小說作過這樣的評語：「我們如果不看作者的名字，幾乎不能知道作者是一個女性，描寫的範圍廣闊，很多出乎她自己小圈子以外。」這幾句話，用來批評吳煦斌的小說，更為恰當。將吳煦斌與羅洪比較，並無必要。兩人走的道路，少有相似之處。吳煦斌不喜走坦途。她寧願選擇「紅絨木枝椏差不多遮去了通路」（〈木〉）的雜木林或者「穿過木槿和草櫻的短叢」（〈牛〉）。坦途會消弱勇氣，成就必定來自苦鬥。吳煦斌寫小說，用筆精緻細密，不經過苦鬥，不能成篇。那是野心與能力的苦鬥。

在城市裏成長的吳煦斌見到「一隻很美麗的蜻蜓」，就會想到「牠怎會穿過這許多塵埃和寒冷來到城市裏？」（〈木〉）同樣的好奇，使我想到一個久居城市的人怎會「在森林中一個小丘的洞穴裏居住下來」（〈獵人〉）？這一份好奇，幫助我找到了問題的答案。吳煦斌要是對生態學沒有興趣的話，決不可能寫出素材豐富而充滿象徵意味的〈獵人〉與〈牛〉與〈山〉與〈石〉與〈海〉……。她用叢林象徵理想，正因為她自己的血液裏也「有雨與叢林」。蟒蛇吞食鬣蜥是極其殘酷的事情，縱使「不能明白」，她卻「覺得美麗」。讀她的小說，除非不想看到超越現實的一面，否則，就該慢慢辨別；細細咀嚼。請接受我的勸告：牛飲與囫圇下吞會失去已得的東西。她長於繪影；也長於繪聲，更重要的是：她長於描寫動物與植物。這些描寫，細膩一如端木蕻良，使小說中的文字變成鮮豔的油彩。據我所知：端木蕻良除了能書善畫外，對生物學也有十分濃厚的興趣。（一九三二年暑期，端木考入清華歷史系與燕京生物系。）類似的興趣使吳煦斌在小說藝術的表現上獲致近乎端木的成就。不過，吳煦斌更富於想像。石壁上的牛群，會使她「感到這些泰然的強力的生命的注視」。這句話的含義，強迫讀者深思。亨利．米勒曾在寫給白先勇的信中坦率指出中國作家的膚淺。我們的感情遂被嚴重地刺傷了，不過，我們的小說缺乏深邃的含義確是多年來一直存在着的事實。重視吳煦斌的小說，因為她的小說篇篇都有深意。當你讀過〈石〉或〈海〉或〈山〉之後，你不能不閉上眼睛思索那些隱藏的意義。然後，你會重讀一遍，甚至兩遍三遍。……在那些好像「鎔鍊」過的文字中，詩與哲理學如春天的花朵般處處盛開。當我們讀到「風吹過樹林發出奔馬的聲音」（〈牛〉）時，我們在讀詩。當我們讀到「帶着不安的心墜入夢中，卻無能進入更大的家居」（〈牛〉）時，我們在讀哲學。這些充滿詩意與哲理的文字，是敍述的工具，也提出了一些重要而不易找到解答的問題。吳煦斌在她的小說中不僅描寫了現實世界的表面，還揭示了現實裏邊的本質。她寫「不常常是藍綠色的」海。她寫「一夜之間消失」的山。她寫「美麗奇怪的石子」。她看來是個相信自然律的人，探究「生與死」，或者「人類遠古的童年」，或者「廣大的家居」，即使「遠離宇宙」，仍是以大自然的精氣作為基礎的。她的小說，截至目前為止，多數與大自然相扣。

從魚目堆中辨認真珠，是一項重要的工作。寫這篇短文，用意在此。

一九八〇年六月十一日

佛魚

「來跟着我！我要教你們得人如得魚。」（馬太福音1.19）

回來的時候已經沒有雨。黑色的山坳只有微弱的綠色閃光。我不知道怎樣向山萸解釋。那天捉的佛魚相信已經死了，我忘記帶一塊石子回家，只有水它準是活不成的。

我慢慢走着。空氣灰森森的瀰漫着霧，固體般的霧隨着我的過處慢慢開啟，然後在背後合攏起來。我跟前常常只有一小塊路，雨過後它已經沒有了顏色，白色的圓形的一小塊路，我不知道它會不會把我帶回家裏。

風慢慢從山中吹上來，我感到有點寒冷。出來時我已經知道衣服不夠，但我不敢再在家裏多耽一會。山萸這樣從門後偷偷看我使我害怕。她把臂縮進懷裏，讓袖子空敞出來。我只有匆匆拿了傘跟他走。途中傘子給吹掉了，那天晚上風這樣疾。山間架的橋也塌了下來。木枝淩亂地散落在暗沉的山樹上。但他説沒有關係，我們便繼續走。雨點隨着倒歪的風不住打在我們身上。我們的衣衫都濕透了，沉重地掛下來。後來雨漸漸濃密了，四周一片灰茫茫，我只看見他蒼白的手臂在兩旁掛下來。蒼白的瘦長的手，在風中兀自擺盪。之後我們到了他山上的岩穴。

現在霧慢慢稀朗了，山樹朦朧地蓋着岩石色的日光。我似乎走了許久。回來的路程不知道為甚麼這樣長。身上的薄衣濕了又乾，現在似乎硬了一點，不時輕輕擦着我的頸背。皮膚也繃得緊緊，像新長的一層外皮。幸好家也快到了。

走進白林裏的時候，太陽已經漸漸下山。低黃的天空在枝椏間柔和地展開。地上的積水還沒有乾。枯葉和泥土裏的水在我踩進去時吱咕流過我的腳面。我們的白樹閃着寒冷的亮光。它們也快十尺高了，柔軟的枝椏在空中左右牽纏，月鈴花輕輕從上面掛下來，隨着風發出輕輕的噓聲。我們已經很久沒有把它掛在衣角，不知道它還會不會隨着行走的腳步唱歌。

風已經停了，空中只有從葉子上掉下來的星散的水滴，搖擺着落到頸子上。我的腿有點發痠，腳完全麻木了。許多天不住給雨水侵蝕，它們已經白得有點透明，青蒼的筋絡蜷曲地在上面爬行然後攀到腳底。我的佛魚也是這樣的顏色，只是它頭上多了一些灰黑的暗暈，一圈圈的疊到背鰭上。我第一次看見牠的時候，牠是躺在河邊一塊蒲團般的圓石子上，石子也是淡青色的。淡青的石子上一條淡青的魚。它盤着底鰭一動也不動地看着流水，咀吧一開一合地呼吸，眼睛的下皮受了牽動也在輕輕地抖動。那是一個澄明的早晨，在太陽下牠發出淡淡的青光，給赤灰的四周蓋上一層新的寒蒼。四周一片寂靜，只有流水不時的淙琤聲。這裏沒有樹，所以也沒有葉子在風中的瑟索聲。河兩邊盡是石塊，一直伸展到白林的邊緣。我剛從山上回來，手裏拿着滿瓶子的樹液，看到這景象不覺怔住了。我靜靜放下瓶子躡足走到牠身旁坐下。相信那時已經是正午，天空很高，無際地架在頭頂上。我也盤起腿獃獃地看着牠，像牠看着水流。我慢慢把手移近它青色的光暈，手上的細毛在青蒼裏微微發出亮光。我感到手背上漸漸加強的寒氣。在大白的太陽之下我竟漸漸顫抖起來了。我屏着氣一動也不敢動，遠處也只有風沙的聲音。但牠突然展開胸鰭穿過靜止的空氣呼啦跳進河裏。我急忙跳下來趕到河邊，但牠已經在白色河床的石子叢中消失了，水面也只有跳躍的白色亮光。之後，我看到他從對岸涉水過來。衣袍在風中蓬飛，太陽在他臉上蓋上一層金黃的日色。

回到家的時候我已經非常疲乏。腿的肌絡在輕輕地抽動。頭也彷彿支持不來。我坐在門跟。風又漸漸強了，從外面帶來一陣陣清淡的濕木氣味。

山薫已經睡了。從這裏看來她非常細小。在暗黃的竹床上，她彎着白色的身體向外躺着，一隻手放在臉下，另一隻掛在床緣，頭髮柔柔瀉下來，衣衫的下襬也撩起了一角。我站起來輕輕走近她，相信她已經慟哭了許久。她的眼瞼還有一點紅，手腕給鼻子壓着的地方殘留着一些未乾的淚漬。我輕輕把她的髮撩到肩後。細小的孩子的肩膊。許多個晚上當她以為我睡了的時候，我看見它們在床的角落裏輕輕抽動，然後驚怯地慢慢翻過來看看我有沒有發覺。我的山薫。

太陽已經降得很低，外面的白樹可能已經慢慢變成了紅色。我看見有幾根頭髮黏在她的臉上，橫過了小小的下巴，繞到後面去。我輕輕把它們拉出來，給壓着的地方現出了一些淡紅色的淺溝，這也漸漸平伏了。

風又吹上來，床上的花瓣有幾片翻飄到床下。顏色已是淡棕色，靜靜躺到地面深褐的花層上，槐樹椿的桌子和小凳邊緣、風壺的耳朵上和樹牆間綴滿的花朵已經垂下了頭。她衣袍前大口袋中的花也枯了，有一些給壓皺了，尖直的摺角露出口袋外，有些給壓出液汁，把白色的袋子沾上暗紫的漬痕。或者她真的許久沒有到山上唱歌，採我們的花；或者她已經獃在牆角許多天，身子徐徐陷進床心，垂着頭等我回來。我輕輕挨前，握着她的手。

太陽已經沉得非常低，頑艷的擱在橫窗外，整個房間在一種虛幻的紅光中飄浮着，我怔怔的看着她的臉，在浮盪的光裏，她的眼睛慢慢睜開，一霎一霎地亮着。突然她驚跳起來半蹲着退到牆邊，雙手張開按着後面灰棕的樹牆。她憔悴了，臉上也只有太陽的光彩。我沒有做聲，但她已經慢慢平靜。她低下頭咬着咀唇輕輕笑起來，然後提起衣角膝行到床緣，像風中移動的影子，頭髮都溶進太陽裏。現在她的眼中有淚了。她提起手摟着我的脖子，寬闊的衣衫的袖子緩緩滑下來，露出蒼白的手。同樣是蒼白的瘦長的手，同樣的召喚。風又吹起來了。

「我以為你不回來了。」

她把臉貼在我敞開的胸膛上，灼熱的濕潤的臉頰，灼熱的唇，我懷裏劇烈抽動的身體。我感到她短促的呼吸。她顫抖的手輕輕捏着我的肌膚。我在床緣坐下來。她柔軟的纏綣的髮飄到我的耳根。她垂下手慢慢滑下去，伏在我的膝上哭泣。她的身體摺起來，像白色的胚胎。我感到我腿上她輕輕的牙咬，和透過衣衫的濕熱的呼氣。

「我不回來了。」

這裏已經許久沒有下雨，樹牆上新長的雨葉等一會又會掉到床間來，讓海裏來的鳥把它蓋在翅膀的傷口上。但牠也許久沒有來，可能牠已經回到同伴間去了。

山萸這時已經退到牆邊。白色衣衫裏小小的身體在暗紅的光中搖晃不定。她的手伸高抓着橫窗的邊緣。寬闊的衣袖又掉到手肘上。她歪着頭輕輕倚着樹牆，揉亂的髮飄披在淡紅的臉上。她已經沒有哭，剛才的淚也漸漸乾了。外面只有葉子還在乘風兀自翻飛。

可能她已經期待了許久，許多夜裏她靜靜躺在床上看着橫窗外星光的白樹時，她已經想着這樣的事情發生，想着這一切怎樣開始，我的沉默。自從我跑到山後高頂的樹上看天空以來，我便看見她逐漸憔悴。起初，她到河邊打水後會挽着水桶走到高樹對面看着我，靜靜等我下來。她會給我唱歌，唸我們的詩，她的髮上、衣衫上戴滿了奇異的花朵，臉和手在太陽下發出宕盪的金色亮光。有時她只在那裏向我微笑。風中的髮在眼睛裏蓬飛。開始時我總禁不住下來握她的手，跟她一起看灼熱的土地上芒刺的種籽。後來我只是看着她，看着她白色的足踝停止旋轉，她的臉慢慢暗淡下來，看着她在太陽下怔視的眼睛。我想她已經開始了解。最後她只是遠遠站在樹下看着我，寬闊的白色衣袍在她身上拍打，花朵給吹得四散了，恁地在空中飄舞。

後來許久她都沒有唱歌。或許她已經編了許多關於孤獨的故事。只是在等待我告訴她日子已經來臨。我不知道怎麼辦。看見她枯萎下去，我心裏感到絞痛。她曾經是這樣一個雲端的女孩，現在她絕望而美麗。但我不能做甚麼。在我遇到他以後，我甚至沒有明白。

現在一切都簡單了。她不用再害怕。要發生的事情已經發生，最痛苦的在腦子裏懷想了這許久，覆演了這許久，現在已經不帶來傷害。她的臉孔甚至是柔和的。

「跟他一起麼？」

風的說話。風的聲音。

柔軟的白色枝條從橫窗外伸進來，影子落在她白色的衣袍和竹床上，輕輕隨着風吹搖曳。在這黯紅的流動的天光裏，她看來好像在透明的黑樹叢間擺盪，一晃一晃。

「跟他一起。」

「哪裏去？」

「海邊去，有人的地方。」

或者不是這樣。他沒有說。他只是叫我去，我便去了。之後便是不絕的山路和岩石。我們都沒有說話，到岩洞後他便讓我坐在乾地上。麻色的寬闊的岩洞，壁上零星長着灰亮的雙瓣山葉，一片一片，在風中像拍翅的青蟲。他用石竹的根生起火。我們的衣衫都濕透了，髮間的水掉下火裏，升起淡青色的煙。我們的繩鞋都在雨中丟了，落在山窪裏。我們把腳放到柴火旁，讓暖氣慢慢升至腰間。我們都聽到石竹發出輕輕的卵裂聲。之後他告訴我到海邊的路。

「真的不回來麼？」

我也不知道。我能告訴她甚麼呢？我沒有計劃，也忘記了許多事情。我甚至不曉得甚麼會發生。他現在仍在等候我麼？或者我得一個人下去，看海洋上白色的風痕。或者我們會走到人叢裏，我會聽見他對他們說話，他蒼白的手指着日照的天空。或者，許多年後我再會回到這裏看門旁山萸透亮的臉和飄盪的風袍。但我該怎麼說呢？

「不。」

太陽已經完全下山了。房子昏沉的溶進陰影裏。我只看見灰牆前她灰白的袍子和蒼白的手。

荒山的風從橫窗外吹進來，帶着雨濕的氣味，可能明天又會下雨了。

一九七二

石

一

葉子上長着白毿毿的細毛，光暈一般散進周圍的空間。每趟風揚起總把枝葉吹得顫動，這些暗白色的葉暈就如山裏飄下來的霧向旁邊展開了。

人們説這些擴散開的葉暈是死者的呼息。

父親還沒有回來。今天早上我看見他從橡林旁的小路翻上山去。這小路現在鋪滿了白千層樹的樹皮和迷迭香的枯枝。冬天過後。新的迷迭香便會再長出來了，滿滿的花點襯着白千層白色的柔軟的枝榦。父親喜歡抓一把放在袋子裏，讓風把香氣散播在他的周圍。今早他還是推着用樺木造的手推車上山去。車左邊的輪子給那天扛回來的青石壓碎了一角，轉起來一拐一拐，盛不了甚麼。這應該修理一下的。但樺樹林去年冬天已經燒光了，現在那邊只剩下一片焦土，蓋着一層厚厚的木灰，每當風從西面吹來，還可以嗅到一陣枯焦的氣味。下雨後那裏成了一片無邊際的黑泥沼，軟綿綿的伸展到峽谷的盡頭。有一天我把父親一塊石子扔進去，它停在泥面一會，然後緩慢地，無聲無息地沉下、消失了。泥面上沒有半點痕跡。

那是一塊菊黃色、頭顱般大小的圓石子，上面有黑色的斑點，從石中心散佈開來。父親前一夜把它帶回家裏，他把它抱在懷中許久，然後踏上梯子，珍重地把它放在他的石堆山頂端。第二天早上，天一亮他又爬上去看了好一會才推着木車上山去。是我把它摔壞的。我看見一隻玄黑色帶着油亮綠光的大山鳥鑽進石堆的隙縫去，我伸手進去抓它的腿，但它撲一聲飛掉了。石子摔在地上，砸破了一角，黑色斑點的碎礫散在粉黃色碎石的周圍。我把它盛在一隻布袋裏扔進黑泥沼。父親回來後沉默了許久。

父親對石子特別沉迷。他每天推着手推車從各處把它們帶回家裏，放在屋後的空地上。從石灘、淺澗、山上的岩穴、谷口、泥土的裏層找來的，不同形狀、大小、顏色、性質的石塊。風化的、雨露侵蝕的，帶着空氣或海潮斧鑿的疤痕，帶着樹根、鹽、水流、野獸和夜露的氣味。美麗奇怪的石子放在一起，各自唱着不同的歌。柔軟的石子，捏在手裏像沙一樣散開來，彷彿沒有形狀。菜紫色的、砂赭色的、煙藍色的，像幽杳地從樹梢下降的霧、青褐色的劃着棗黑的傷痂，還有悶黃色的、痳紅色的。有一塊像一隻唱着歌的鳥，唱了一半突然變成石頭，歌聲停止了，但仍然繼續呼喊。四散的石塊是驚慌的牯牛，陷入大地深沉的呼吸中再也拔不起身軀。另外一些像果子，疊在纍纍的生命上端等待下墜。還有許多是沉默的，躺在縫隙間，沒有姿態也沒有聲音，凝視着四周寂靜的空間像一個沉鬱的夢。父親喜歡把它們揣在懷裏，撫摸上面的花紋。他的床上放滿了各種顏色各種形狀的小石子。早晨起來時往往發覺它們還沾了他的溫暖。較大的，他把它們疊在屋後的空地上，砌成一列小小的山脈，一直蜒爬到後谷像一頭冬眠的龍。父親夜裏醒來會坐在井旁的樹椿上看着它們。它們在黑暗中發出淡淡的磷光。父親吸着旱煙，煙火在幽黑中一明一滅，彷彿一頭呼吸的生物，挪着瘦瘦的身軀晃盪於澄澈如水的夜空中。躺在床上，我常常嗅到渺渺飄來的菸香。

但今夜父親很晚才回來。

自從木車的輪子破了以後，父親許久沒有帶石子回家，一連幾天他都彎到後谷的山上去，我看着他推着破輪的車子拐上白色的山路。他的肩膊有點歪，寬闊的長衣在風的拍打下使他顯得更加瘦小。

後山現在已經沒有人居住了，偌大的山只剩幾所燒焦的荒屋。那次大火後，土地都變了紅色，紅色的粉末掩蓋了地面上的一切，人們都遷到山後的村落。在附近，只有我們這谷間還住得下來。我記得那場火，夜裏一叢叢火燄從半山升起像異種的花朵。人們都逃出來，裹着毛氈站在山腳看燃燒着的天空，彷彿在看一個奇異的景象。現在那裏完全荒廢了。我每星期拿山芋到市集賣都從那裏經過，偶爾只看見一頭瘦瘠的狗懶洋洋地躺在幾棵焦黑的禿樹的長影裏。

今天父親回來的時候，帶回一塊奇怪的鏽紅色的石塊，有半個人那麼大，上面是許多整齊的圓洞，像一管管風笛插過它的身體。父親把它放在木車上從後山推回家裏。破舊的車子在灰白的小路上一拐一拐地揚起了附着石塊上的紅色土壤和地上層層的白色塵埃。我剛在爐旁燒洗衣的水，從窗外看見父親在一叢紅暈裏回來。

父親把它放在窗下，好教自己一醒來便看見它。那夜，他吃了兩碗滿滿的芋粥，拍拍我的頭便熟睡了。我夜裏醒來看見他披着長衣站在門旁發怔地看着他的石子。山上吹下來的強烈的夜風解開他胸前的帶子，衣衫揚起像一片風帆。他只是微笑。

跟着好幾天他都留在家裏，一步也不離開他的石子。他把一張凳子搬到它跟前靜靜地看着它。石子的顏色在日間顯得更加鮮明，但它彷彿越來越小了。每當風吹起時，它總是揚起一陣紅暈，不知是黏着的紅土還是石子本身的碎屑，落下來便成紅色塵埃。這山谷的風特別大，紅色的粉末黏滿了我父親的手臉。我拿毛巾給他揩拭，但顏色殘留在他臉上深陷的縫隙間，使他看來越來越像他的石塊。漸漸的，父親甚至拒絕把它揩掉了。

二

一天，我看見一頭生物從後山的白路上拖着腿慢慢朝我們的屋子爬來。牠的頭貼着地面，長長的嘴巴刮着地面上的白土。我害怕地朝父親看，他把手擱在胸前，仍然微笑地凝視着紅色的石塊。我回過頭來時，牠已經攀過了後園的矮石籬，一步一步緩慢而穩定地朝我們走過來。牠像一頭小鱷魚般大小，一頭紅色的鱷魚，拖着一條沉重巨大的尾巴。我發覺只有牠的腿在動，頭和尾巴像樹枝般從枝幹兩端豎開來，像沒有生命的裝飾。牠紅色的皮膚上長着嶙嶙的觸角和彷彿透明的淡紅的小泡。走過時地面上留下了一行黏液和一條由牠嘴巴刮出來的深痕。我開始嗅到一陣焚燒的氣味，隨着風湧滿了整所屋子。

牠爬到紅石旁就停下了。父親慢慢站起來握着我的手，然後我們看到牠把爪子伸進紅石的圓孔裏，支撐着慢慢地爬到石頂。然後牠便停下來一動也不動地俯伏在那裏。

我們一直守着牠直至深夜。後來我們睡過去了。

翌晨醒來，牠還是同樣的姿勢，只是沉重的尾巴垂了下來，身上的紅色也變得更深。

中午的時候，冬日的太陽強烈地照着這山區赤裸的峽谷。我們看着牠漸漸鬆軟，塌下來，身上紅色的小泡慢慢漲大，裂開來，冒出氣泡，流出一種紅色的液體，滲進紅石中，或是沿着下垂的尾巴掉到地上，把帶白的土地染上深深淺淺的紅點。然後牠掉下來，不再動。紅石子在牠墜下時給砸掉了一角，紅色的粉末蓋滿了牠的身體。

我提議把牠扔到黑沼裏，讓泥污把牠埋葬。但父親說既然牠從紅石的地方來，就讓牠葬在紅石的地方。我拿一把鏟子在石子的旁邊挖一個洞，把它葬在那裏。我發覺整所屋子充滿了牠的氣味。

那夜，我在夢中給一陣急劇的拍翅聲驚醒。黯淡的星光下，我看見無數黑色的巨大的蝴蝶在強烈的氣味中向我們撲過來。

牠死後第二天，石塊忽然發出隆隆的聲音，然後整塊石粉碎了，變成一堆紅土蓋在牠埋葬的地方。石塊塌下的時候，四周升起一陣紅暈。我彷彿在紅暈的中央看見父親垮倒在椅子裏。紅色的塵埃慢慢沉下去，但父親仍然頹坐在那裏，動也不動地怔視着前面的土堆。彷彿這樣可以記着它最後的模樣，它的豎立和橫伸的姿態。自此以後他再也沒有說話。

那焚燒氣味越來越濃烈。在帶着冬霧的風中，它變成一層厚厚的黏膜，牢牢貼着你的皮膚，再也揮不開去。你呼吸時彷彿在口腔裏感覺到它，感覺它正在你的血液裏慢慢溶化。

屋子逐漸蓋滿了一層鏽紅色的霜，怎樣也揩不掉，在牆上，桌上，木碗和木斗裏，被褥和衣袍的摺縫中。在夕照中，每當風吹起這些紅色的塵埃，整所屋子就像在一種昏沉的紅色裏微微顫盪起來。我每天早晨到谷前的石澗洗濯頭髮和身體，但一夜之間頭髮又變成一堆厚厚的紅色垂在背後。我的皮膚也越來越粗糙，像紅色的沙礫。

有一天，我經過谷後的荒山到市集時，看見一個男子躺在一所破屋的陰影裏，他的身旁放着建築的工具。他或許是從另一個山來的。他來這裏幹甚麼？

他附近有一條狗正在抓着身旁的紅土，把裏層一些褐黃的土壤翻了出來。

屋子裏，黑色的夜蝶越來越多了，牠們的翅膀在夜空中翻起一陣一陣寒冷的風，微弱的拍翼聲彷彿震撼了整所屋子。牠們從每一處地方進來，從窗隙、門下、甚至破牆的縫。牠們把身體從狹小的間隙擠進來，翅膀給擠掉在外邊，身軀掉到被褥上，不久也枯乾了，留下一點油漬。在漆黑中，我恐懼地看着眼前晃盪的空間。

黑蝶之後便是藍色的風蠅。我從山後回來，看見牆上、窗子上全蓋滿了藍色的斑點，我拿着抹布走近時才發覺牠們是一隻隻拇指般大小的黝藍色的風蠅，散發着淡淡的亮光。那是一種彩藍的亮光，在天空中散着點點的金色。牠們一動也不動地蹲伏着，我走過去拍拍木牆和窗子，牠們只向前走了幾步便又停下來再獃伏在牆上，有許多甚至動也不動。牠們是從哪裏來的？這些不會飛翔的藍蠅？

然後是一群群的紅蟻，在藍蠅的周圍緩慢地爬行，有時聚在一起，形成參差的圖案，然後又散了，各自挪着肥胖的身軀在牆上顛躓。

這些奇異的生物，牠們來是為呼吸這裏濃烈的焚燒的氣味麼？

三

父親越來越憔悴了。白天，他拖着腿在傢具間茫然地走來走去。寬闊的長袍擦過地面和桌椅，走了幾步又停下來。夜裏，他只是坐在屋外窗旁的椅子上怔視着那塊紅石餘下來的越來越細小的土堆。在強烈的氣味中，我聽到他沉重的呼吸。外邊森暗的夜沉重地壓着這頹落的山谷。父親的身體溶進背後的黑影裏，只有他的眼睛很偶然才在暗淡的星光下閃一閃。一切顯得死寂，沒有甚麼在動。屋裏只有黑蝶躁急的撲動和爐子裏的一兩點火花偶然飛濺進黝黑的夜裏。

那天經過的時候，看見山上那人已經把屋子修好了。我看見他正在屋前彎着腰用鏟子鏟去表面的紅土，把一些暗綠色的種籽埋在底層褐黃色土中。他的背在燦白的太陽下閃着柔和的汗光。

父親再開始到山上去，現在紅土堆已經完全消失了。天剛亮，我便看見他吃力地攀上通往荒山的路。他沒有推木車，它的輪子那天運紅石時壓了那麼久，已經不能再轉動，完全垮了。父親只在肩膊上掛了一個大網袋，他的長衣被風吹動，他一拐一拐地走着，像那給紅石壓垮的木車。

那天晚上他很晚才回來，他把空網袋擱在桌上便倒在床上睡了。隨後許多天他都空着手回家。失望中他的背更彎了，彷彿再不能負載任何的重量；他常常在一個動作中頓下來，起來走了幾步，就停住了，好像給甚麼阻撓着不能繼續。只有在屋外，在消失了的紅土堆旁，他才顯得自然一點。

濃烈的氣味和紅土的痕跡正侵蝕着整所屋子。牆壁發霉了，木的纖維會隨着手指的壓力陷下去，那天大門掉下了一角，在地上砸得粉碎。整個屋子好像隨時會隨着任何的壓力而倒下來，像紅石一般消失得無影無蹤。

終於，有一天早晨父親沒有起來。我看見他睜着眼睛看着佈滿裂縫和藍蠅的昏紅的天花板。他一隻手放在胸前，另一隻從袖管裏伸出來擱在耳旁的竹枕上。我走過去把它輕輕握在手裏。瘦癟的佈滿皺紋的手，像他的臉一般蓋着一層黯紅的塵跡。我在他鬆軟的皮膚上輕輕揩着，但紅色已經深入皮膚裏，成為皮膚的一部份。

後來他睡了，好像疲乏得再張不開眼睛。他的鼻子開始發出嘶嘶的聲音，一下下從胸中傳出來，像一根破管的風笛的聲音。呼出來的氣吹動從耳根飄過來覆到嘴邊的幾根白髮。

這聲音一直繼續了幾天，然後停止了。他的手在我掌中漸漸冷卻下來，顯得更加瘦小。我把它放進褥子裏，用雙手按着他的臉，希望把他溫暖過來。我全身淌着汗，在傍晚的涼風中止不住輕輕地顫抖，我拉拉胸前的衣襟。他鏽紅色的臉被我的手汗弄濕了，在黃昏恍惚的天色中，發出一層淡淡的紅光，使他看來顯得年輕和安祥。我輕輕把他嘴旁的髮絲撥到耳後，它們隨手甩開，在微風中飄盪出去，然後像蒲公英一般降落到地上來。

我一直看着父親的臉，直至再也支持不了昏睡過去。

我把父親葬在荒山的紅土裏。

然後我看到不遠處鏽紅的背景中有幾株嫩綠的幼苗。我跑過去蹲在地上看它。柔和的山風帶來了淡淡的清香。那是一種不知名的植物，淡黃色的枝，紫色的葉梗。我輕輕撥開土壤看它的根。然後，在奶白色的根旁，我看到了一塊霜紅色半透明的小石子，它安祥地躺在暗黃的濕土裏，在根鬚的網孔中透出柔和的亮光。我把它輕輕挖出來握在手裏，感到一陣溫暖散播到全身。我看着它，它棕亮的斑紋彷彿充滿了液汁，在我抖動的掌中舒緩地流動着。是的。我深深吸了一口氣。它是我的第一顆石子，我將會在這裏或更遠一點的地方建我的屋，在深沉的土地上砌起我的石龍。

一九七三

山

風起了，在這偌大的桃木色的廳子中我越發嗅到那強烈的熟悉的氣味，像煙一般升起，裊裊地瀰漫到每一角落。恍惚的、遙遠的，隨即又散了。

弟弟已經睡去。門後的黑暗中只偶爾傳來床上輕微的翻動的聲音和風的拂拍。我現在是更難看見弟弟了，我只能從緊閉的門後傳出的各種聲音知道弟弟仍在屋裏。我們已逐漸遠了。使我們仍留在同一所房子中的，相信只有一種對過去模糊的感情和不快的懸念。這是我們唯一的聯繫。可是，我知道他不會再回來了。

我第一次見他是在同樣多風的一個初秋的黃昏。我同樣坐在這桃木的椅子裏看着屋外的園子，那是一個深邃的蔥鬱的花園，密茂的枝葉和藤蔓攀滿了屋子的外牆，像綠色的狹長的疤痕。我在這裏度過了童年和少年，它粗疏地塑造了我的輪廓，也給我帶來濃密的陰影。那天，我在花朵微紅的晃動中看見他。

他很瘦，在暗紅的光影中，他彷彿在熱帶植物寬闊的枝葉間懸泛着，然後便消失了，樹隙間我只看見他栗色的衣服在風中飄擺，不久卻又在晚陽虛假的亮光中溶化。我站起來，跑到窗旁。這時父親已經迎出來了。父親是一個寡言的人，非常老了，他已經許久沒有離開他的房間，現在竟然走到院子裏來。然後我看見他們坐在糾結的蕨草旁一塊墊子一般的黃石上。在蓬亂的橫生的植物叢中他們顯得很小。淡紅的亮光穿過群樹朦朧地在他們身上照出一個個浮泛的光暈，在微弱的風吹中晃盪着，他們越發令人感到不真實了。這時弟弟已經走到我的身旁，他手裏拿着軟木造的蝴蝶，看見這景象又放下它，俯在窗框上，用手支頭看着，他的臉在這晚陽中竟也亮起來，他這就在那裏開始想着新的事物吧。風偶爾吹開覆蓋他們的枝葉，又再把它們合攏起來。寂靜裏我聽見昆蟲嗡嗡的聲音。我們輕輕走進園子去。

他讓我們坐在他前面的紅草上，便又無言了。他的頭髮很長，柔和地垂到額前，鬍子差不多遮去了嘴巴，整張臉孔只留下眼睛，迷惘的秋夜一般的柔和的眼睛。父親在旁邊也沉默着，有時拂着衣上的皺痕。天逐漸暗了，灰重的霧從四周圍攏過來，我看見他拾起周圍的乾枝生了一個火，然後從麻色的袋子裏拿出一隻鐵兜、一壺水和一盒小豆，燒起湯來。柴枝的火花濺進四周橫伸的枝葉裏。黃蝴蝶在他的跟前飛動，然後他向我們說他的故事了。

那是美麗而奇異的故事，我們在以後無數寂靜的晚上重複聽到這相同的故事，每次都同樣感到驚訝和震動。可能細節的地方改變了，蔓生的可能是蜈蚣草而不是羊齒草，是天狼而不是青鹿居住在藍樹的樹枝上，但其他總是以相同方式，相同的排列次序出現，未說到的時候我們已經期待了，到它們真正出現了卻又每次都感到意外。我們就這樣開始做起我們的夢來。

我們開始幻想他告訴我們的一切，他失去的山和山中的鳥獸、白堊土地上紅蟻濕潤的行列、液態的風、紅樹綿綿的扯不斷的枝幹攀過黑土、石龍和沒有陰影的藏青色的塵埃、巨大的蛇背上長着豬鬃般的硬毛、白鳥的叫聲像鼓、風吹過時谷間的黃樹叢會發出泡沫沸騰的聲音、春天的紅太陽和寒冷。

他說他的山是在一夜之間消失的。他栽了一株草，翌日醒來四周便只剩幾塊零落的石頭和一叢黃菊，白色的粉末蓋滿了延展多里的濕地上。他現在正在找尋這山，已經找了許久，但仍在找下去。有時彷彿看見它，朦朧地在空中晃盪，隨即又消失了。他越過焚燒的大地和海流，蕨草在他走過的路上生長，然後一切盡成荒野了。一天父親看見他在一條冒着泡沫的沸騰的河旁等候，便邀請他到我們的園子來。

而我們以後許多個晚上就是這樣度過了，許多微風的無聲的晚上。他總是在黃昏的時候來，然後在園子裏生一個火燒湯。風在他的臉上吹拂，在閃爍的暗紅的火光中，他的臉顯得更飄忽不定了，而這時他身上發出一種枝葉在太陽下炙曬過的強烈的甜美的氣味，一種不斷在記憶中侵襲我們的奇異的芳香。有時我們聽得累了，他讓我們在草地上睡去，翌日我們醒來時臉上會有一條條狹長的紅草的印痕。有時我們看着他和父親守在這靜夜裏，看星光暗下去。四周是沉沉的黑影，只有我們中央的火光給周圍投下了一層暗紅色的微弱的光暈。我看着他們對視的臉，開始了解兩人間一種沉默的關係。

但有一天，他告訴我們他不會再來了。他要到更遠一點的地方繼續找尋他的山。我記得那是豪雨開始後的第三天，我們全疲乏地躺在椅子上聆聽着雨聲，希望它會突然竭止。四周是厚重的濕黏黏的空氣，沉重地裹着我們的皮膚，叫人難以呼吸。豪雨第一天帶來的清新現在已經變成一種負擔。屋外的園子現在顯得更空洞，地上至少積了五吋以上的水，而雨卻越來越濃密，像一幅厚重的幔幕，使一切都模糊了。然後我看見他慢慢穿過雨的迷霧走過來。

他濕透了，這是他第一次走進我們的屋子。說完話他便離去。我們呆了好一會，然後追出去要拿雨具給他，他在背後揮揮手，便繼續向前走，平和地、穩定地，彷彿是雨中的一種儀式。

然後我聽到園子中的一棵樹倒了下來，隆隆的聲音似乎繼續了許久。

翌日雨停了。園子中的積水慢慢退去，一切都回復原狀。樹木更葱鬱，然而父親卻沒有再到園子去。

隨着的許多天我們都喝豆湯。細顆的、透明的、土黃色的豆子，我們用木匙一口一口舀來喝，倚着牆，像他倚着樹幹。但我們都知道那跟他並不一樣。

每到黃昏的時候，父親便站在窗前，他用手肘支着身體努力看着仍帶濕氣的園子，肩膀微聳起來。他顯得更瘦了，然而園子卻也只有枝葉的晃動，偶然夜鳥從樹上驀地飛起，在空中劃一個弧又靜下來。夕陽的光逐漸退去，四周是更廣大的黑暗。有時月亮出來給地面投下銀色的影子，此外便只有雨後偶爾的流水聲和蕉葉在風中的拍打。

園子比從前冷了。鏽紅色的蕉葉樹幹在夜光下發出青淡的光，看來更像金屬，一棵肆意生長的金屬的樹。而我們也沒有見到蝴蝶了。細小的，淡黃色的夜蝶，每當他來的時候便出現，在他的周圍飛舞，彷彿從空中出來，隨着他的説話撲動，有時牠們會停在我們的手上、臉上，像一滴滴自天空掉下來的亮光。牠們的拍動使我們四週變得柔和了，現在一切都堅硬如鐵。

父親更沉默了。有時他會躭在窗旁，一連幾天一動也不動，雨來也不退開。當風把他的頭髮吹到臉上，他怔怔地看着在我們的忽視中越長越茂密的綠色的園子。

然後有一天我看見父親從地窖裏拿了一大片乾肉放進同樣是栗色的麻袋子裏，他帶了盛滿水的木壺，穿上繩鞋默默地向大門走去，我們倚着牆看着他的背影在園子裏逐漸縮小，逐漸沉沒在四周蓬亂的蕨草叢中。然後我們看見他從碩大的陰影中向我們招手。我們連忙放下手中的柴兔，奔出去。

園子外是一條通往南面大湖的長長的山路，很寬闊，卻光禿禿的沒有蔽蔭，沒有樹，甚至沒有草，兩旁是飄揚着塵埃和碎屑的土地。我們走得很慢，父親已經老了，而我在這洶湧的熱氣中感到暈眩。現在已是六月的天氣，空盪盪的天空裏只有猛烈的太陽強悍地照着。我們走了許多天。我清楚地記起那些日子，我們期待夜的降臨，好避開午間的炎暑和眩目的白光。我們會生一個火燒湯，然後任黑夜吞去火燄。我們在天色暗下來時睡覺，在白天沿着大路走，我們兩旁是無盡的白色的塵埃，風起時它們從兩旁的白土上揚起，簇擁在我們周圍，像白色的厚重的帷幔從上面罩下，看不透，挪不開，風息了它們便又降下來，散到我們的頭上和肩上，好待風把它們揚起。我感到越來越疲乏了。我不能抵受這剛猛的白色的太陽，我的腳也破了，我來不及換上布鞋便出來，繩鞋給太陽曬得乾硬，在我的腳上割出了一道道的損痕，混和了汗液和溶進去的塵埃，它們潰爛了。

弟弟脫去了一層一層的皮，現在已經是焦棕色的了。太陽給他的臉上和手上結了一個個焦硬的痂，痂下面不住有白色的液體滲出來。

只有父親仍在暴熱和塵埃中安詳地走着，甚麼支持他呢？而他已經非常老了。然後我和弟弟回去了。我們看見父親在白土的迷霧和永恆的熱氣中安詳地向我們揮手。

他才是尋山的人吧。

回去之後一切都改變了。我們休息了許多星期才完全康復，而沉默已經慢慢在我們之間瀰漫着。

弟弟開始了他永恆的冥思。他說一句話，作一個手勢或做着甚麼的時候，會忽然停下來，失神地望着前方，深深思索起來。他變得害怕黑夜和聲音。也不肯輕易走到園子去。然而我知道他仍在懷念着那許多無星的寂靜的晚上。那許多美麗奇異而他無法參與的故事的晚上。我看見他把一束紅草撒在枕旁，他現在也只肯喝豆湯了。

我現在好像感到甚麼也沒有關係。我不能隨他們去，我也沒有懊悔。我在等待我的機會。只是我感到深深的懷念，他們正在追求新的秩序。我不想活在回憶中，然而現在我確是感到一切都不相干。屋子太大了，物件與物件間全失去了聯繫。我整天在屋子裏，飄飄浮浮的，在門與門之間走來走去。我對園子也開始害怕了。它越長越大，植物都帶着一種野獸的活力橫攀。窗外一棵胡桃樹的樹椏已經伸到窗裏來，它仍會繼續生長，佔去整所屋子。我在靜夜的時候常常聽到剝裂的聲音，是生長的聲音吧。窗左邊的牆壁已經有一條裂縫了，黃昏的時候，當太陽斜下來，光線便會從裂縫中射進屋子，在地上做成一線彩色的亮光。地上各處也有了小小的隆起了，是根鑽進屋子下面吧。

我不想記憶。但卻彷彿處處都遇見他山中的世界，真實地侵入在我生活中。那天我看見一列藍蟻橫過廳子的地板，在牆腳一個小洞裏鑽出去。它們爬過的地方留下了許多粉末的碎屑，而地板上、牆腳上的洞也逐漸多了。牠們會吃去整所屋子嗎？

我不知道。終有一天我也會離去。

一九七五

木

雨淅淅地落下來。山野間顯得更白更迷糊了。

我開始有點懊惱。是她弄錯了麼？可能他只是個普通的詩人吧了。我該認識他多一點才來。我踏進叢林的時候便已經有點不安。這是一個雜木林，橫伸的堅硬的紅絨木枝椏差不多遮去了通路，而他的屋子卻在叢林的末端，我不錯是有點畏途了。這是新冬的天氣，在這漏不進太陽的濃蔭的深谷裏，我透過薄衣感到十一月霧濕的風吹。然後我到了叢林的盡頭。

他的屋子看來是一所草草建就的木屋，四壁和屋頂是並排的不大粗壯的樹幹，樹身仍長着青苔和槲寄生。屋前是一塊只有雜草和樹椿的空地，土壤差不多是淡黃色。走近屋旁的時候我發覺屋子並沒有門，只有窄窄的一道進口，裏面隱約傳來一下下沙嘎的聲音，柔和而肯定地在風裏散播。我不敢貿貿然走進去，便在門旁耽了好一會。屋內好像沒有窗，看進去晦暗的，只叫人覺得深邃。我喊了他的名字，一面輕輕敲着木牆，喊了好一會都沒有回聲。我遲疑了一下，終於進去了。

屋子裏甚麼也沒有。然後，在微光中，我看見他背着身站在屋中央鋸一截樹榦，暗色的外衣差不多拖到腳踝。我再喊他的名字。他沒有回答，仍是一下一下的鋸着木，緩慢的隨意的動作，像一種姿態而不像一種操作。然後他放下鋸子，慢慢地用一根長木條撐起頭上一扇很大的天窗。風隨即吹進來，捲起地上的木屑。在發白飛揚的木屑中，我看見他緩緩回過頭來。天窗的光像布幔一般散到他身上，在他周圍瀉開。然而那是多麼衰老的荒蕪的一張臉啊。我原以為他只有六十多歲，仍然有詩的生命，而現在我看到一個枯癟的老人。

「我是雜誌社的訪員，可以跟你談談嗎？」

他拿起鋸子，一面按着放在兩截樹椿上的樹榦，輕輕地鋸着。他的頭頂全禿，差不多木黃色的頭髮從耳根和腦後絲絲垂到肩上，硬的微鬈的乾癟的髮，隨着沙嘎的鋸木聲輕輕顫動。他穿着一件寬闊的長大衣，古老的堅硬的衣肩從瘦小的頸旁伸出來，像舊電影裏的衣服。

我走到他身旁再說：

「我可以跟你談談嗎？」

我發覺他鋸木的時候眼睛並不是看着木塊，而是凝視着腳前大約兩尺的地方，他的眼珠是一種奇怪的茶漬的顏色，也像茶漬一般瀉開去，混在周圍的白色裏，差不多沒有邊界。嘴巴是沒有了，因為掉光了牙齒，旁邊的肌肉陷進去。黑色的線隨着下陷的肌肉彎到裏面，像銅版畫裏的陽光，嵌死的、空心的黑太陽。

「我聽過別人唸你的詩，很喜歡。」

我聽到他的詩是很偶然的，卻忘不了。那天剛好中秋，雜誌社的朋友都聚到王的家裏。我有點害怕這些集會。我孤獨慣了，我跟他們的興趣不一樣，或者是我的笨拙，使我無法參與熱烈的談話。然而我卻聽到她唸詩。

那時他們剛在取笑駱的戀愛，喧鬧聲中我卻看見一隻碩大的、茶褐色的蜻蜓從半開着的百葉簾縫中飛進屋子裏來。那是一隻很美麗的蜻蜓，身肢很長，差不多淡黃色。透明的翅膀上佈滿了深棕色的彎曲的脈胳，低低地迴旋了一圈，停在我身旁放着的茶杯墊子上，過一會又顛躓着掠過每個人頭頂飛走了。牠從哪裏來的？牠怎會穿過這許多塵埃和寒冷來到城市裏？

他們仍在喧笑，彷彿誰也沒有注意。然後我看到身旁深陷的搖椅裏一個女孩子輕輕抬起頭朝蜻蜓的方向看去，她頭髮柔和地垂到肩上，一隻手按着搖椅的靠手。我的心隱隱跳動起來。我見過她的，她替雜誌寫了許多憂傷而美麗的小説，偶然碰到，也總是低下頭輕輕走過。

然後她看到我。她咬着下唇靜靜笑起來，撥開垂到額前的頭髮，便又陷回椅子中去。我走前一步。他們仍在背後鬧着。燈光顯得是太燦亮了。

「你也看到嗎？」我説。

「看到的。」她柔和地説，看我一眼又垂下眼瞼。

「很美麗，是不是？很少茶褐色的。」

「是啊……」她把手肘擱在搖椅的扶手上，用手背支着臉頰，白色的桌燈在她的長圍巾上照出了非常柔和的顏色。「你知道一首寫蜻蜓的詩嗎？『在夢與沉默之間，你帶來水中的猶豫』。」

「甚麼？」

「『……帶來水中的猶豫』，彷彿便是寫牠的。」她輕輕地説。

「沒聽過，整首詩是怎樣的？」

然後她輕輕唸起來。她偏着頭揉弄着盤到膝上來的圍巾，一面慢慢的盪着搖椅，一晃一晃，旁邊的桌燈照亮了她的臉，一會又讓她墜進陰影裏，在晃盪的燈光和她柔和的聲音中，一切好像是不真實的。然後她抬起頭羞怯地笑着。

「你喜歡嗎？」

「噢，喜歡。我從沒有聽過別人這樣寫。」

「想不到你也喜歡。你自己的詩不是這樣的。」她把掉下來的頭髮掠到耳後，看着地上的紙屑。

我感到有點熱。

「是誰的詩呢？」

「是個奇怪的人哩。他幾年前來到這裏。姑母從前認識他，很喜歡他的詩。她說他出過兩本很好的詩集，但也有許多年沒有見到他了。」

「他現在住在哪裏？」

「在離島，我可以從姑母那裏查到他的地址。如果你要，我過一兩天找給你……但很難找到他的，幾個朋友去過都見不着他，但你可以去試試，你也寫詩，他也許願意跟你談談……我也很想知道他的情況。只是，一個人，總害怕四處找。」她把圍巾捲在手裏，輕輕垂下了頭。

我的心在劇烈的跳動着，是由於酷熱吧。我感到有點渴，便伸手拿起桌上的冷水，慌忙間把茶杯墊子掉到她的腳旁。我連忙放下杯子，卻看見她慢慢彎下身拾起來，圍巾拖過地面。

「你的圍巾髒了。」

「噢。」便再盈盈地笑起來。

「我可以看看你的詩集嗎？」

然而這裏可有甚麼書呢？屋子差不多是空着的，就連床也沒有，沿着牆邊只堆着無數大大小小不同形狀的木塊：胖的、短的、半透明像紙一樣薄的、裂成時鐘模樣的、中心穿了洞像輪子般的；還有許多長了苔，灰斑斑的擠在牆角，稀濕的，發出滃鬱的氣味。許多已經腐了，再成不了甚麼，卻也仍有木的條紋，他要這許多木塊幹甚麼？他睡在上面的吧。

「聽說你來這裏好幾年了，還有沒有寫詩？」

她說他出來之前許多年也已經沒有寫，那十多年裏只發表了幾篇評論文字。其他便不知道了，也沒法問，他的沉默使我更無法說下去。是這個人麼？或許只是名字相同吧。看着他木然地鋸木的神情，我開始感到有點不安。他不是專注，也不像在思索。已經看到我吧，為甚麼對我毫不理會？我的問題是最普通的，有甚麼好迴避呢？偶爾他也會抬起頭，看着白色陽光中抖動的木屑，但他仍沒有停下來，鏽色的鋸子一下一下的戳進微寒的空氣中。

然後我離開了。

他是怎樣的一個人呢？他使我困惑。他真的是寫詩的嗎？會不會是她弄錯了？回來之後我捺不住約了她出來。但也只是想問問她。

等她的時候，我有一點緊張。我站在她屋子對面的燈柱旁，偶然車子經過帶動我外衣的衣襬。許多事情我都不敢肯定，我是一個害怕孤獨而又不能和人相處的男子。沒有甚麼會發生在我身上的。

「等了許久麼？」她翩翩地走過來。

「也沒許久。」

天剛下過雨，地上滿是積水。黑森森的蓬起了團團的樹影。她穿着米白色的方格裙子，圍了一條米色棕色相間的長圍巾。在這陰霾的日子裏，彷彿一個清朗的微笑。

「我約你出來只想問問他的事情。」

「電話裏不是說過了嗎？」她微笑着輕輕地說。

「……」

「你真的去見過他了？」

「是的。」

我詳細告訴她我們相見的情形。

「不會這樣的吧。」她皺着眉好像不能相信地說。

「你覺得他是怎樣子的？」

「我總覺得他不會這麼衰老。詩是從姑母那裏聽來的，姑母出來之後住在我家，晚上睡不着的時候便唸他的詩，我在隔鄰的床，聽着便記住了。她近來變了，很少說話，有時用手敲桌子，發出『蓬，蓬』的聲音。我很害怕她。」

她張開手接着從樹上掉下來的葉子。

「你懂唸許多他的詩嗎？」

「十多首吧，我唸給你聽，我很喜歡一首叫〈瓶子〉的。」

然後她在唸了。風把她的頭髮吹到肩後，我看到她的額上柔和的線條，她的聲音很輕，搖晃地飄過這漸涼的空氣。

唸完之後她抬起頭說：「你喜歡嗎？他的詩很柔和、很甜美，是不是？總是充滿愛和希望。姑母說她有一本白色木板封面的大簿子，全是他這許多年裏沒有收入詩集的詩，很珍貴。但他們開始攻擊他的時候，有一個人拿了去，怎樣也沒法要回來。」

「他們攻擊他甚麼呢？」

「也不知道。姑母沒有提起。她説話的時候不多。她只説他沒寫過情詩，永遠一個人。」她慢慢踢着跟前一顆石子，一面把圍巾團在手上從裏面攏開，輕輕地説：「你好像也沒有寫過情詩，是嗎？」説着又讓頭髮垂到臉上來。

一輛電單車呼呼地從我們後面飛馳過來，嘯聲拖得很長，然後像火燄一般熄滅了。我感到有點慌亂。

「噢，看車子！」

「不過，他有些詩我是不大明白的。但總覺得很純，很甜美，喜歡就是了……你有很多詩，我也是不明白的，但也歡喜。」她折斷了垂到臉上來的一柄葉子，輕輕在臉上揉着，偏着頭看我，盈盈地笑起來。她不是一個時常快樂的女孩子，但太陽在照着，她臉上蒙着淡紅色的亮光。我嗅到她身上樹葉的清純的香氣。我聽到她輕輕走路的綷縩。然而我相信許多事情只是一些輕淡的影子，只是我希望它發生吧了。我甩開掉到我眼前來的頭髮，深深吸了一口氣走前一步。我一定不要胡思亂想才好。我想説點甚麼，卻一直找不到適當的話。

然後她也沒有說話了。我們默默地走着。我甚麼也抓不着，甚麼也沒有發生。

「我到家了。」最後地說。

這以後許多天我都不能平靜下來，為甚麼她會喜歡他的詩？她是一個敏感的女孩子。從前見她的時候，她總是垂下頭，輕輕地走路。想不到談起他的詩時卻竟有這樣一種稚氣的溫柔。我許久沒有遇到這樣的女孩了。然而我是一個不能把握甚麼的人，我沒由來的擔心。我已經隱隱覺得我會弄糟某些東西，但為甚麼我總是想着這些？我對他的詩不是有新的興趣嗎？

然而，他究竟又是一個怎樣的人？他真像她所說是一個甜美的詩人？那為甚麼他會變成現在這樣？中間這數十年他是怎樣過的？我無法找到更多他的資料。熟悉的朋友沒有一個認識他的名字，他的詩集更無法找尋。一個人為甚麼會消失得這樣快？他經歷了甚麼？詩集都到了哪裏去？

我在雜誌社的資料室翻閱二十多年來的《人民文學》合訂本，但甚麼也找不到。

最後我知道了一所專供外國學者研究文史的機構，便托辭替一個剛來港的法國記者找尋中國近代文學的資料，借出幾套文學雜誌的菲林底片，準備借一個教授朋友的放大機仔細看。

但裏面有關他的資料仍不多。他的詩一首也沒有，只有幾篇批評他的文章，主要是攻擊他的詩過多意象，不夠明朗，說他像「鍊金術士」般在實驗室裏「熔鍊文字」，用過份準確的語言「建立玄思的迷宮」，而在一般人逐漸走向明朗的時代，他正把群眾引向「晦澀的墓穴」。另一篇卻奇怪地批評他的寫法過份「客觀」，說他態度過份「冷峻」，描寫部份純是「白描」而無寓意，沒有愛心，對廣大群眾缺乏關懷，沒有社會意識。更有一篇說他的詩充滿物質，「有拜物的傾向，崇尚工業文明，精於描寫城市，卻不是積極歌頌進步，也不瞻望未來，對人類缺乏信心。」

這些文字令我更迷亂了，一個人怎可以既是甜美又是冷峻；充滿愛卻又缺乏關懷，對事物存着希望而對人類沒有信心呢？這些批評文字為甚麼跟她的觀點完全相反？他們是正談着不同的人嗎？

外邊全是夜了，月亮看來有點肥胖而骯髒。不會是她錯了吧。她的柔和的靜默的臉，淡白的手映着樹葉看漏過來的陽光。我感到有些東西在輕輕湧起，我想伸手抓住，卻又不知去了那裏。但為甚麼我仍在想着這些？

我決定再探訪他，如果他說話，那就一切都明白了，她也一定願意知道。

走到門前的時候，我不禁遲疑了。太陽已經煌煌地照着，地上是一片眩目的黃色。我提着的資料好像更沉重。

屋內還是上次的樣子，只是更昏暗。天窗闔上了，只剩四週從窗縫透進來的昏白的微光。恍惚的、隱約的、邊界模糊了，像可能復原的傷口。門旁放着一株新裁下來的樹幹，仍橫生着枝葉，牽絆地伸到牆角。

「又是我來了。」

我原也不期望他回答我，只是我開始有點難過了。我來幹甚麼？我根本無法知道他會不會說話。我怔怔地看着他。我發覺他腳上沒有鞋子，暗白的木屑蓋着，彷彿成了木的顏色。他的動作很輕，像在做着一件可珍惜的工作，害怕弄壞了便無法挽回。他拉盡了鋸子，等待一會，再輕輕推下去，推拉之間他讓手肘在空中劃着一個一個奢侈的弧。偶然木吃着鋸子，他便停下來，來回抹着鋸旁豎出來的小木枝，再拉上來。我忽然想到他的眼睛，那不像茶漬，像木，褐黃的木屑散到四周。

「我可以再跟你談談嗎？我上次來過了……也是這樣的時候……我是雜誌社派來的……」他仍沒有注意我。

「我只想你回答幾個簡單的問題……我聽過你的詩，很喜歡。現在為甚麼不寫了？……還是繼續寫沒有發表？……你的詩很甜美，為甚麼有些批評說你冷峻和晦澀？……來這裏以前你最後發表的詩是在甚麼時候？……你獨自住在這裏？……你鋸這許多木是為了甚麼？……你停一停可以嗎？……啊，沒有關係，你不停也沒有關係……」

我聽到屋子裏全是我的聲音。風穿過外面的樹叢，我的喉間感到嗆咳的刺癢，我抓起旁邊的枯木枝在手裏轉着。粗糙的樹皮擦痛了我的皮膚。

「你可以回答我的問題嗎？……我也寫詩……我只想知道你對詩有甚麼看法……『蜻蜓』我便很喜歡……真的喜歡……你說說話好嗎？……我會明白的……我也寫詩……寫得不好，卻一直在寫……你說吧，我會了解的……我真的是寫詩的……我沒有欺騙你……一切我都會明白的……你說話啊……我沒有欺騙你，你相信我啊……我真的寫詩……真的啊……我唸我的詩給你聽好麼？……」我全身在冒着汗，牙齒間彷彿有酸液流出來。我的肺裏有強烈的窒息的感覺。

然後我聽到一個聲音在唸着一首詩，苦澀的顫抖的聲音散播在冷冽骯髒的陰影裏。我忽然感到恐懼，是我的聲音嗎？

風開始從山窩的地方颳進來了，遙遠的風聲，穿過紅絨木叢，巨石和黃色土地來到這裏。捲起的木屑和塵埃瀰漫了整間屋子，一切在朦朧中動盪。微弱的陽光穿過雲從屋頂的木塊縫隙間漏下來，在他身上投下了絲絲骯髒虛浮的線，他看來更不像活的人了。我的憤怒突然升上來。我用手大力刮着身旁橫切的樹樁，鬆浮的木給我劃出了一條條白色的條紋，看來腫大而呆笨。他可是甚麼詩人呢？瘋子吧了，在錯誤的時間和空間做着荒謬的工作，給挫折耗盡了，只剩下習慣。我還巴巴的趕來幹甚麼？他跟我又有甚麼關係？我要我的詩感動他，而他仍在低着頭，以一下一下的鋸木聲劃出自己的時間。他是活在另一個世界裏，沒有記憶、沒有感情和陰影，沒有人也沒有自己，我還給他唸甚麼詩？

回來之後我一直不願跟人說話。可能我一向沒有給予別人任何東西，甚至也一直沒有察覺這個。我已經不能像從前一般丟棄自己的生命。或許我能夠給予的也已經不多了。當我們年青的時候，我們那麼笨，那麼浪費和閒不住，我們不能想像任何事情會走到終點。而現在終點還沒有到，我們便抓住任何東西都不肯放過了。但為甚麼我盡在想着這些。我在屋子裏已經耽了許多天。外面只傳來電視片集的一段對話或幾聲狗吠，慢慢地，穩定地成一個完美的弧形升起又結束，悲哀地停止了。有時我想我聽見一架飛機飛過，然後一切又歸於寂靜。

借來的多卷菲林，我都沒再碰，放大機上擱滿了舊報紙。許多已有了漬印，還要找甚麼呢？他根本不是詩人。

然而，朋友從遠地寄來的一個包裹，卻把這一切都又改變了。

我為了寫一篇涉及唐代宮廷舞蹈的小說，曾託朋友在那邊的圖書館找一些舊的論文，那裏資料總是比較多，比較齊全。那天早上我剛從房子裏出來的時候，郵差就派來一個小包裹，那時太陽剛灑滿了窗前的書桌，我坐在曬暖了的桌玻璃前，打開封紙，那是一疊大小深淺不一的影印本，從不同的期刊書報取來。我迎着陽光胡亂翻着。然後，在一篇名為〈青怨：群舞〉最後一頁的空白上，我發現了他的一首詩。

那是一首關於樹的詩。各種各樣的樹。毀壞的樹。枯敗的，破裂中看見風的瘡疤；在大地上沉下去的；雷殛的、折損的，伸出焦黑的指頭；在海浪裏輪轆，不成形狀的；荒棄的季節中毀損的；失持的，琉璜的顏色中歪倒在大地的身旁。而在這一切背後，在石灰、沙礫、火燄和鹽背後，是「木的堅實的氣味，生長的木的芳香，穿過夜的喜悅和季節的顏色」，來到他的房間，他指間感到了粗糙的撫觸和木刺的疼痛，而木的條紋繼續迴旋下去，「縈繞在一切狙擊，衰敗，破滅和死亡的窪穴上方，達向河流的歌唱。」

太陽已經滿滿灑在我的臉上。空氣裏隱約有一種冬日的香氣，在這朦朧的十二月早晨，遠山成了雲霧淡黃的顏色。我隱隱感到一種溫暖蔓延我的全身，多麼熟悉而遙遠的感覺，曾經莫名地消失了，現在又隨着迷濛的冬霧來到我的心裏。這便是他操作的原因嗎？我想起他俯下身鋸木的姿勢，緩慢的，柔和的，讓木塊在指間破裂，脂香充塞着狹隘的空間，彷彿一種暗示，一種堅持，如他詩中所說。然而他曾遇到甚麼事情，甚麼使他變成現在這樣子？

我連忙寫信請朋友設法儘快找尋有關他的資料，一面繼續在借來的菲林底片裏查看，可是以後許多年的雜誌裏都沒有他的消息。

我開始有點害怕，這麼便消失了麼？然而，在六七年十月的一期我卻看到一段他公開道歉的啟示，承認他在一篇詩論裏的幾點錯誤。啟示很短，錯誤沒有指出來。在六九年一篇署名金方寫的批評裏，我找到這樣一句有關他的話：「他本可以利用這幾年的時間好好反省，但是很不幸，他沒有鞏固自己的進步，反而走了回頭路，並且越走越遠……」他那幾年發生過甚麼事嗎？是為了甚麼的原因？

我花了三天時間不分日夜一氣看完了那許多卷菲林，但他的名字卻沒有再出現了。他沒有再寫詩了麼？

我立刻把知道的一切告訴她，希望從她姑母那裏得到一點幫助。然而她的姑母卻無法再說話了。甜美的詩也再不能沖淡這許多累積的過去。她只能記憶那時的生活，重疊的日子，在關閉的屋子裏聽着「蓬」的聲音一下一下穿過冷冽的街道。死亡的暗啞的聲音。車子載去了纍纍的屍體。

他也是憶着過去麼？他已經非常老，他可以支持多久？我是有一點氣餒了，一個人為甚麼只可以在這樣狹窄的範圍內認識別一個人？而人與人之間的關係又為甚麼這樣脆弱？

在電話裏我已經有一點不安。我滔滔說着我的發現，然後我感到那邊傳來的寒冷。我到達餐室的時候她已經在了，她穿着灰藍色的毛衣，倚在身旁棕色浮雕的牆壁上。緩慢地拌着杯子裏的飲料，頭髮仍然垂在臉上，仍然是柔和的寧謐的臉，然而太陽都留在外邊了。我又從頭說了一遍事情的經過。她靜靜聽着，偶然抬起頭，然後又繼續撥弄已經冷卻許久的咖啡。說到姑母的時候，她用手支着頭，淡淡說着，彷彿已經是許久以前的事。我頭上的抽氣機發出嗡嗡的聲音，我抖擻起精神。

「他的詩真是好！」

我急忙從口袋裏掏出抄好了的詩遞給她。她看了好久，然後放到桌上，輕輕的說：

「很好，但有些地方我不大明白。」

我想把我的想法告訴她，但看到她淡然的臉，卻又語塞起來。她正注視着柱子上的海報。

「啊，你想看德國木偶嗎？」

「也不是……這天氣真冷。」

我們離開的時候下起雨來。

我感到沮喪，兩個人在時間的錯失中落空了，無法在一起。可能這完全是我的責任，我把一切弄糟了。如今她再退回自己網裏，我做甚麼也無法挽回了。我是一個對愛感到無措的男子，相信只能在別處找到安心的地方了。然而他又可以給我甚麼？他只會把我越弄越糊塗吧。為甚麼每樣事情到了一定的階段便總僵在那裏？

時間過去，甚麼也沒有發生，我繼續等待着，過了好久，仍沒有他們任何一方面的消息。一切都消失了吧，我的日子就在守候中過去。

然後，幾個月後，我得到一本日記簿。日記簿相當厚，本來屬於一個翻版書商朋友的叔父，他不久之前去世，他的家人把所有的書籍文稿一併送給我的朋友。他把大部份藏書賣了，有幾本他選了作書種翻印，文稿都扔到一旁。我剛好到他家裏，偶然翻開日記，赫然看到有他的詩，便趕忙要了過來。

整本日記都抄着詩，除了他外還有許多其他的人，好好壞壞的新詩人都有。他的詩不多，但差不多有二十頁全是他，這已經很好了。

我拿到之後，一口氣連續看了許多遍。這已經是初夏的天氣，澄明的天際裏閃爍着幾顆黎明的星宿，我彷彿嗅到了煮小麥的香氣。屋後的停車場稀朗地晃動着樹的影子，四周非常寂靜，偶爾門外遊蕩的貓跑過弄響鐵閘，然後又歸平靜。我心裏有一種隱隱的不安的湧動，是因為她的原因嗎？然而我仍感到快樂。

我看了一遍又一遍，然後我合上書本，靜靜地想他的詩。他的詩大致上可分作幾組：一組寫比較平凡細碎的事物和簡單的感覺，寫初升的太陽、寫雨、寫巖石、李子、寫秋天帶着棕櫚的顏色。另一組寫街道、城市、屋宇和建築。再另一組則純是物件的詩。批評他的人都對，只是他們全都抓着他的一面生活態度，加上自己的影子或信仰，便當是他的全像了。我讀他的詩不多，更不可能對他有更全面的了解，可是我感到他是喜歡簡單的日常事物多於空泛的理念，他喜歡季節與鹽、甜麵包、咖啡、睡眠、空氣、友誼和樹木，看得見的，觸撫到的。如果他有些詩是甜美的，我覺得那不是由於他只喜歡甜美的題材，而是他用了一種新鮮甜美的方式重新表現這平凡的世界，讓我們看到沉悶的日常生活中，也可以充滿甜美，最普通的物質裏也有詩。

他的詩很少寫自己，而多描繪外在的物象和事件，與兩者的牽連，所以有人說他的詩是「客觀詩」，他也很少寫傷感的事物，很少直接呼喊口號，他描寫的對象都經過刻意安排。然而在冷淡的外貌下，在物象和事件背後，我們感到了涓涓湧動的感情，他的溫暖和對人的關懷。他有一首「窗」是寫一個人坐在屋子裏，然後聽到窗外一個瞎眼的占卜者走過，篤篤的手杖響澈了空洞的靜夜，全詩純是描寫，全沒有任何煽情的字語。但透過紙窗我們感到了外面的黑暗與摸索，寒冷中的顫抖，一下一下算命的鑼聲敲出了人類的命運。

他寫城市街道和物象的詩也不純是白描。在各種形狀、顏色、姿態下，我們看到了暗示。有一首寫一輛巨大的紅色油車停在一道石階頂端的邊緣，全詩有一種危殆的風雨欲來的氣勢，竟像是一個預言。他最後期的詩則多描寫破爛的事物，壁上的罅裂、剝落的牆灰、被壓碎了的瓦甕、棄置的木頭車、水泥地、破裂的銅扣的寒光、碎木和爛籮筐的粗糙；與及懸掛的東西：繩子、掛鉤、木器、衣架、死鹿。我們感到一個死亡的威脅，卻又有一種不肯就此隱退的堅持。

而這就解釋一切了。

我看完的時候已經六時多。我趕忙搖電話給她，還沒有起床吧，也不要緊了。她一定會高興聽到他的消息，那便一切都不同了。

鈴聲響了許久，然後聽到她朦朧的聲音。真的把她吵醒了，我連忙告訴她我的發現，然後趕到她屋子對面的小公園裏等她。

公園裏仍是清涼的陰影，一張舊報紙被風吹到草坪的中央又翻過來。黃燈下我看見草尖上露水微弱的閃光。

然後她慢慢地走過來，四周都是霧，朦朧中她顯得更恍惚了。我讓她在長椅上坐下來，然後把日記交給她。她沉默地接過了，臉上有一種晨早的悲哀。她把本子擱在膝上，看看封面，然後翻到我用紙條夾着的地方，仔細地每首讀着，不時翻到前面重看一遍。她垂下頭，頭髮蓋到臉上，我這裏只看到她的前額和鼻子柔和的側線，風輕輕吹着，黃燈下我感到了一種朦朧的溫柔。然後她合上書，抬起頭。

「怎樣呢？」我說。

她偏着頭有點迷惘的樣子。公園裏的燈開始滅了，太陽仍沒有出來，風把她額前的頭髮吹到後面，她是多麼蒼白啊。

「有幾首我是很喜歡的，像〈牆灰〉和〈石〉，我覺得很好。許多卻是不怎樣喜歡了。為甚麼寫這許多碎裂、毀壞了的東西？我害怕一切殘舊和破爛，彷彿開始了便無法不繼續，一直沉下去了。」她的頭垂得更低了，我看見她輕輕地，非常柔和地擦着腳下的沙地。

「不是這樣吧。」我低聲地說。

然後沉默降下來。沉重地、穩定地，像一面灰色的網蓋到我們頭上。太陽漸漸出來了。我卻感到絕望，如今她是完全的退去了，她出來的時候我因為猶豫或恐懼沒法抓着，現在我連我們之間唯一的聯繫也失去了。她對他已經失去興趣，她會覺得我們之間再沒有共通的地方，跟我也沒有甚麼可談了。我也是逐漸下沉的人，我可以拿甚麼給她呢？她是只有自己的沉默了。

然後她站起來。

天仍是霾暗。我說要送她，她在背後輕輕揮着手，便繼續在沉默中隱沒在暗霧裏。偶然汽車駛過，燈光照亮了她一會，然後一切又歸於陰影。

我感到深深的寒冷，一切就這樣消失了麼？我是一個無法把握感情的人，我不懂處理一切的事情。

回家之後，我一直把自己關在房間裏。沮喪中我重讀了許多遍他的詩，現在我只剩下他了。但我也能夠像他一樣在孤獨中升起，越過那許多喪失、破滅而繼續生長嗎？太陽已經照進來，桌玻璃上有日曬的溫暖。在風中我嗅到從遠處傳來的樹香。一切都是可能的吧。我決定再去看他，他如今是我唯一的慰藉了。

來到他屋外已是十時多了，日曝的樹叢在陽光中閃爍着白色的亮光。他的屋子在夏日早晨的氳氤中彷彿美麗了許多，他的背也沒有那麼佝僂了。我叫了他的名字，然後坐在牆腳的一疊木塊上。整間屋子瀰漫着新伐的木香，我以前怎麼沒有注意呢？門旁好像多了些長型的木條，青色的葉子淩亂地鋪在上面，他的天窗還是關着的。我走過把它打開了，強烈的夏日陽光驀地降下來，驚起了屋裏的塵埃，急促在空中翻飛。

然後我開始唸我的詩，在木屑和陽光中，我彷彿平靜了許多。我不再顧忌；沒有甚麼恐懼，沒有哀傷，也沒有甚麼企圖了。我緩慢地、平穩地唸，從最早期的短詩開始。我不是一個很好的詩人，也寫過許多壞詩，但我要他知道我的一切，所有的猶豫和恐懼、笨拙的錯失和快樂，與及新近的悲痛。我也是木訥的人，便只有詩了。他會了解我的，我不需要他有甚麼反應，但我知道他在聽着。他真的在聽？也不要緊了。我聽着那沙嘎的鋸聲，盈臉是新木的清香，我感到強烈的陽光和心裏的悸動，裊裊的夏日煙霧徐徐上升，飄過他寬闊的衣袍，在他臉上散開；風吹動了地上的新葉，蟲聲響了，彷彿我們也成為夏日。

然後天慢慢暗下來。

以後許多個星期天我都在這裏度過，我給他唸所有我喜歡的詩，說出我喜歡的原因，可能是一些記憶、一些想像、一些可能的意義，我從沒說過這許多，可能將來也不會，只是我感到前所沒有的自然。

有時我們沉默着，我們聽到風從紅絨木叢那裏吹來，筆直竄向屋後不遠處延展多里的河灘，有時便也只有兀自的鋸木聲和我們的呼吸響在無風的秋日。有時夕陽從天窗上降下來，我們在暮秋的盪漾的紅光裏看木屑飛揚，有時天空沒有雲，有時我們看見飄鳥在遠方鳴叫。而在這些寧謐沉鬱的下午，我彷彿感到一切我曾經因為害怕或猶豫而失去、因為能力不逮而無法獲得的東西都得到了補償。

而在這許多日子裏，他仍然沉默着。風雨從窄門中進來又去了，他仍然在獨自響徹的鋸木聲中低下頭。然而在一切沉默與習慣中我卻察覺到某些微細的轉變。

在晴朗的日子，當太陽不再猛烈，他會抬起頭看着天窗，然後輕輕地，非常微弱地晃盪起來，好一會才停止。風吹過，把他的頭髮捲向肩後，他的臉在瀉下來的冷冽的陽光中透出了淡淡的金棕色亮光。

許多時候，當我唸着他一首關於破街的詩，我看見他俯下來挪出鋸子，豎在鋸着的樹榦上輕輕搖着，看它微弱地震動，一面低聲噓着氣，像和唱的歌聲，待我唸完了，才又靜靜繼續工作。

他不再只吃黏着樹榦的葉塊，到外面伐樹的時間也長了。當風雨從天窗上漏下來，我發覺他開始避到牆角。

這許多繼續的曖昧的暗示，不明顯，甚至也可能沒有多大意義，然而我卻禁不住感到了一點震動，我寫了一首長詩。

那是一首關於他的詩，他的喪失，他對木的迷惑，他的堅持與姿態，他的沉默，他的絕望與衰老，以及慢慢的開啟。

我寫了許久，連續地寫，拿去給他唸的時候已經非常疲乏了。我坐在地上倚着一截橫放的大樹椿靜靜唸着。太陽漸漸高了，我感到了一種柔軟而暖和的流動。很奇怪，他一直出神地聽着，腋下挾着一塊剛鋸好的木塊，輕輕偏着頭，任風把茶褐色的長髮蓋到臉上。屋外偶然傳來樹枝下墜的微弱的聲音，空氣裏有竹花的清香，我輕輕呼吸着。然後看見他慢慢抬起頭深深的看着我。無限的木棕色的眼睛。我胸中感到微微的震動。這是他許久以來第一次看我。太陽撒下來在他的頭髮邊緣、衣服邊緣鍍上了一線四散的淡金色的日光。映着仍是陰暗的背景，他彷彿更不真實了。我輕輕咬着下唇，看着他極緩慢地、柔和地坐下來。太陽更是高了，從天窗射進來散到我們的四週，把我們團團圍在發白的飛揚的光裏。

然後，我看到他緩緩把鋸子遞過來。

空氣中仍是塵埃的影子，我突然感到一陣強烈的風從外面颳到屋子裏，我深深的顫抖起來，我嗅到風中強烈的木的腥氣和陰影裏的霉濕，翻捲的木屑充塞滿了我的呼吸，我想翻起我的衣領，我感到冷流穿過我的四肢，太陽仍然照着，我聽到了我身體寒冷凝結的聲音，我僵住了。

一九七五

海

你知道　他總是這個季節來的　在四月　草都開了花　像黃色的風從腳旁飄過　我家那時還在島上　跟海隔着一個長長的石灘　你可以在石隙間看見螃蟹的腳　我是很愛那裏的　夏天的時候　石塊會發出強烈的濕土氣味　我那時才十歲　頂愛爬樹哩　你看　我手上的疤痕就是那時留下來的　那島不算肥沃但也有許多香蕉樹　初夏的時候結着一串串青色的蕉　像古怪的綠燈籠　早晨家裏沒有人的時候　我便在口袋裏放一把鹽　爬到樹頂上吃香蕉　苦澀的液汁隨着鹽的鹹味涼涼的流到嘴裏　像冰塊　痲掉了舌頭

我說到哪裏呢　對了　他總是在這季節來的　我有一點害怕他　我不是說他兇惡　他其實是非常好看的　但他從不說話　他來的時候總是在窗外看了我

們好一會才慢慢推門進來　這時我就不敢動了　我看山的時候也是不敢動的但我卻覺得他像海　他的衣服暗藍色　很淡　也像海　但你知道麼　這裏的海不常常是藍綠色的　冬日傍晚的時候它像黃麻石　有時它又是淡紫色的　彷彿僵冷的手　有時霧來　又看不見了

但他總是霧散了才來　你看　四月才多霧哩　他每次來都給我們帶一袋子泥造的動物　許多牛　一些鹿　鳥　石龍子　飛魚　他把它們一件一件的放到桌子上　然後就離開了　各種各類的鳥獸　白色的　泥色的　許多叫不出名字但牠們都張開了腿　彷彿奔跑着的樣子　鳥更在飛　有時是一團一團好像飄起來的泥塊　母親說那是風和海　她說起它們的時候　那樣子總是非常美麗的我只覺得它們有一種樹脂的香氣　彷彿隨着霧氣散開來

母親很喜歡這些動物　每次他離開後她都跑到桌旁　把它們逐件揣在懷裏柔和地撫摸着　然後小心地放到她用木枝做的架子上　但他在屋裏的時候她卻從不看他　總是垂下頭微笑地把玩着身旁的東西　一根樹枝　水杯　我的衣服　父親也跟平時有點不一樣　他會鎖起眉站在牆角看着這一切　然後把自己

關在房間裏許久　他們都是不多話的人　他來過之後的幾天裏更是沉默了　母親會整天坐在桌旁剝碗豆　很多很多的碗豆　許多天也吃不完的　那時她臉上往往有一種奇異地溫柔的神色　不時輕輕地笑着　有時她又會跑到伸往海洋的石路上看着對岸　父親彷彿吸煙多了　他會倚着牆沉默地看着她許久　然後靜靜回到山後的叢林裏坐一天

那些日子裏　我發覺母親晚上總是跑來吻我　輕輕地摸着我的頭髮　就像他摸我的樣子　他的手很大　有點冷　他的眼睛是棕黑色的　很亮　像鴉膽子的菓　你知道鴉膽子嗎　它的枝幹上長着很濃密的黃色細毛　葉邊有很粗的鋸齒　初夏的時候葉子和枝幹中間會長出一叢叢淡紫色的花朵　像紫色的梯級攀上天空

連續幾年的四月　他都到我們家來　然後有一年開始他再沒有來了　母親在他不再出現後的第三年也帶着所有的動物失蹤了　父親說她回到她從前的家哪裏呢　我不知道　我許多東西是不明白的　但父親越發不肯多話　他只有一次說起他們兩人許久以前是認識的　之後就整天站在伸往對岸的石路上張望

潮水漲起來　淹沒他的腳　他仍在看　然後我們就搬家了　你知道　我是捨不得那島的　那島有一種鳥叫鳾　會倒轉身子爬樹的　牠住在很小很小的洞子裏　才六寸長　挺美哩　我把牠帶了出來　但在新的家裏　牠聽到水的聲音便衝出我的口袋飛掉了

你知道　鳥和夢是捺不住的　而四月還沒有過哩

一九七六年四月

馬大和瑪利亞

咬我的原來不是蚊子，是一頭青色的小蟲。牠很小，綠色的塵埃一般飄到我手上來。起初我以為是葉子的碎屑，然後我感到了那輕輕的嚙咬。

是盛夏吧，牠們總在向晚的時候飛來。這幾天雨過之後彷彿來得更密了。這些小小的飛蟲，淡紫色的、黃色的、薄棕色的、有些發出煙草的氣味，透明的翅膀像裙裾揚起，樸樸飛翔一會就停下來；有些非常瘦，枝梗一般嵌在牆緣。牠們從林裏來，穿過枝椏和風，留連在傍晚的燈火裏，想也必是受夢的困擾吧，像孩子和鳥。但為甚麼會來到這昏暗的廚間呢？

我站起來把木櫥關好。風來時它們總是關不牢的。剛洗好的石灶上隱約現出抹布擦過的細細的濕紋。外面的聲音彷彿靜下去了，只偶而傳來他輕輕的説話和瑪利亞的笑聲。我也在這裏許久了。不知甚麼時候開始我喜歡待在這小小的廚間。空閒的時候，他們談話的時候，我便來了。是它厚重的牆壁令我安心，還是石灶石盤撫在手裏堅實的感覺呢？晚陽的亮光從板窗外稀薄地漏進來，照亮了壁架上一疊疊整齊的木碗和匙、瓦盤、竹碟和木杓。門旁是一隻新削好的瓜壺，沉重地掛在門栓上。它盛了水就會有一種彷如夏夜的清香。我是越來越喜歡這些沉重粗糙的器具了：木造的、竹瓦造的、石和籐蔓造的。我把它們握在手裏，感到它們的重量和溫暖，看見它們交纏錯亂的紋理。當它們擦着我的皮膚，我感到微微的刺痛，嗅到輕淡的清香。它們環繞在我伸手可及的地方。

但事情怎樣開始呢？我是這麼笨拙。只是夜彷彿低了，更多的蟲子飛進來。我隱約聽到他們喚我。「馬大，馬大。」是酒缺了吧。酒窖裏藏的也不多了。明天我得好好採一點葡萄。我提着酒壺輕輕走出去。他們談話的時候，我害怕打擾他們。廊子很靜，很黑，我彷彿聽到鳥拍翼的聲音。

他如常坐在籐桌旁說話，柔和地舉起手又放下來。魚油燈的亮光不住在他臉上晃動。在火燄冉冉上升的熱霧中，他顯得更不真實了。但他對我甚麼時候又是真實呢？談話的時候麼？朝遠方沉思的時候麼？給群眾簇擁在歡呼聲中走過的時候麼？他只是一個遙遠而美麗的幻象罷了，深邃、捉摸不住、隨時會因為甚麼力量消失。但在瑪利亞心中是真實的麼？可能是她能夠了解他吧。我只看見他亮麗的頭髮柔和地從兩旁垂下來，寬闊的前額顯得智慧而倔強。但竟日的奔波之後他畢竟瘦了，深邃的暗色的眼睛變得更明顯，它們隨着他的説話顯得堅定、憂悒、或是平靜，但也因為旅程的疲乏而禁不住憔悴起來。他的手擱在麻色的衣服上，只偶爾輕輕舉起來，過一會又垂下。夜真的很深了吧。

小弟也一定睏了，他不住揉着眼睛，但仍在怔怔地聽。病後他便一直追隨他了。但他也太瘦了，要給他多採一點野蜜才行。只是這裏總是不多，明天還是跑到南山那邊找找。他也明白他嗎？明白的吧。瑪利亞也明白的吧。她是美麗的，她會了解一切。她坐在他的腳畔，仰着臉看他説每一句話，她的髮都垂到他膝上了。過一會他就會讓她給他的手擦上香膏。

其他人都在地上睡倒了。明天晚上他們會再來。我要準備更多的橄欖和魚了。他們也有當漁夫的，但也不好叫他們幫忙，用驢車拖回來便行了；橫豎網已修好，只是明天要早一點起來。但他也睏嗎？他會徹夜談話麼？他的床我已經準備好了。但要不要打擾他，問他這些實際的問題？夏夜是清涼的。我給他添的袍子放在床緣上。

我現在該怎辦呢？我把酒注在他杯子裏，他端起來喝一口又繼續説話。他總看不見我。我該留下來麼？他正說着地窖裏燈的故事。奇怪的美麗的話。許多夏天的夜晚是我不了解的。起初是沒時間思索。然後便害怕了。還是回去吧。我昨天採了幾枚烏桕的果子，是木質的朔果，很堅硬，握在手裏可以叫人安睡。我輕輕放下酒壺，把小弟抱起來，他在他腳旁睡了，手裏還握着他一角衣袍。他隨着他們日夕奔波，也顯著地瘦了。後天市集的時候要多買點肉給他們好好喝一點肉湯才行。他們在外邊餓了就掐禾穗吃。只有她在他的光芒下益發像菌子一般盛放了。

我再走過黑暗的走廊，兩邊石灰牆上隱約現出斑駁的裂痕。雨水滲進來，它們染上赭紅的顏色。在昏暗的光線下，它們像紅色的蛛網攀滿整所屋子。甚麼時候閒下來也要給它們上一點灰了。我感到有點涼意。夜來時寒冷便降下來。我慢慢走着。末端是廚間厚重的炊具和器皿。我是甚麼時候開始喜歡它們的？我真的睏了。但我不能睡。我要把穀粒分開來，毛瓜要去皮，那許多麪餅我還沒有做。明天的麥粥夠不夠？晚上不知道多少人會來？葵葉湯他們會喜歡嗎？豆子放了這許久有沒有腐爛？黃栗相信用光了？我是不能睡的。他說：「馬大，馬大，你為許多的事思慮煩擾。」我是容易憂慮的。要做的事情太多了。我曾喚瑪利亞幫助我。那時她跟大家一起聽他說話。我在廚間給他們弄晚餐。麥缺了，肉也不夠。但他說：「瑪利亞已經選擇了那上好的福份，」她便坐着。是我不要選擇它麼？我不要聽他說話麼？只是他們永遠那麼疲乏，那麼饑餓，那麼容易受到傷害。他們都是智慧的。他們有更重要的事情要做。

我亮起魚油燈，蟲子彷彿少了。都回去了吧，牠們也無法了解亮光。我坐下來，從籐筐裏拿出木莢豆，慢慢地剝。有些木莢已經爆開來，向兩邊蜷曲，成了蛇舌的模樣，它們可以用來生很好的火，但很快就會燃盡。它的豆不能吃，明天我把它撒到泥土裏，沒多久就會長出美麗的樹，而它是不死的。我讓它們各自做了自己的事情。但我真的非常睏了，我可以支持多久呢？我握着籐筐的邊緣，細小的籐枝輕輕地刺痛我。這廚間一切都是實在的。

窗外的天空很黑。明天可能會晴朗。我要不要跟他們到山上走一趟呢？如果我嘗試，我或許會明白。但誰來放羊呢？魚、葡萄、橄欖和蜜怎麼辦？樑子也要修一修。明早還是砍一棵魚木樹吧。

一九七六

獵人

他來的時候給我們看一個盛鹿牙的杯子、一隻木杓、一條人頭形狀的九芎樹根和一個刻着蛇的盒子。

父親便讓他留下來。

外面是二月高高的叢林的牆和寒冷。他帶着蕪亂的玉蜀黍的骨架和森林的渴望前來。煙霧從他的口裏升起，飄散在凝固的空氣裏。我記得那煙霧，我記得他。他是空中的雕像，寂靜和事件穿過他像穿過季節和雨。他教會了我生命和呼吸、等待和大地的秩序、聲音、樹的呼喊、還有萎謝和死亡。

我還不能描繪他。我只能描繪一些零碎的緩慢的變化。我不知道事情的始末。我不知道他怎樣來到這峽谷的中央。那裏只是山和森林巨大的陰影。我聽見了那沉重的敲門聲，在風中彷彿巨大的鳥的撲動。他站在寒冷的季節像一個叢林。我看見雪塵埃般從空中降下，抖散，再積攏在柔軟的地面。他把榆樹的嫩枝給我，葉子上脆薄的冰塊晶瑩地碎裂在我的手裏。

我第一次感到了一種透明的疼痛。

父親讓他坐在火爐旁。他把革袍脱下。我嗅到了他身上強烈的金屬的氣味，在燃燒的楠木的香氣裏，彷彿鏽蝕的箭矢。他的臉孔和皮膚有一種亮麗的藍綠的光，像遼闊的山脊。我不知道是寒冷還是冒煙的爐火，黃昏裏他帶來了曠野。

我坐在角落的凳子上，看他把手伸往奔竄的火燄，灰色的煙撲撲升上歪斜的煙突。父親放下木雕，微笑接着他沉默地遞過來的酒壺喝下去，酒的香氣穿過木塊的濃煙和稀薄的空氣瀰漫了整所屋子，那是一種異常強悍的酒，帶着荒野的氣味。父親不常喝它，我們不需要那種勇氣和希望，只是父親彷彿愉快起來了。父親不是常常笑的，也不常常説話，他只在雕刻的時候才會跟我説起麋鹿和蛇，他的手拿着小刀彷彿在木上輕輕拂拭，掃去遙遠的塵埃，輕輕的來復的慰撫，好像害怕驚嚇匿藏的生命。我不知道是在喝酒的時候還是後來他給父親看他的鹿牙和杓。我只記得他拿着白色的根在頭上敲，一下一下，像樹旁覓食的鳥。

「他們會把它們全部毀掉。」

他的聲音不像普通的聲音。父親說我們血液裏有哀傷，才有哭泣的聲音。他的血液裏一定有雨和叢林了。

「他們從那邊過來。」

這時外面已暗淡下來了。最後的亮光和煙在冬日的樹椏間逐漸退去。他用腳撥弄着掉下來的燃燒的木塊，閃爍的火燄反映在窗子的下方，像一個留戀的太陽，顛躓着停在黑暗的山谷。我看見他拿出箭矢和符號。然後父親喚我睡了。我從凳子上跳下來。腳懸空了這許久有點麻木了。我要站許久才能走動。我支着凳子看着他們。父親打開籐櫥讓他看裏面巨大的木鳥。他們在沉默中談話。我感到溫暖從我的胸側升起像延展的夜。

我握着清香的榆樹的嫩枝睡去了。

然後我開始思想森林。以往我從來沒有踏進過森林。我只可以在它的邊緣走動。我見過胡鼠和鹿走到它前面稀疏的樹叢，也看見過蛇，像青亮的光游走，不一刻又回到那古老巨大的陰影。但我不能進去。我只可以坐在矮叢中感到害怕。稀疏的矮叢背後便是它高而濃密的牆和黑暗，像筆直翻起的山脊，差不多沒有光。有時我望進去也只看見重疊的深淺不一的暗灰色的影子。有時光的斑點從擺動的枝椏漏下來，飄浮在起伏的地面。有時我聽見叫聲，事情在模糊的空間發生。有時它只是那麼巨大而不可捉摸。父親說森林是開向那邊的門。你聽到聲音和歌，進去之後便不能回來了。父親有長長的白色的手，說話像夏天的亮光。他說九月刺梨樹開花，河流會從山裏生長。果然雨水淹去了我們的屋子。水帶着琉璜的氣味從山上滾下，沖去了門和牲口。我們環抱雕着蛇人和麥的樑子看着咆哮的水湧到谷間。然後我們遷到這環繞着矮叢的平原來。父親在平原上種玉米和芋，森林的網在我們背後夢一般展開了。

那是奇怪的寂靜的生活。日間我背着我的籐盒子四處遊蕩，盒子裏有一塊人形的石、小火刀、一管割下來的衣袖、幾根打滿結的繩子、各種甲蟲的殼。我用籐做輕便的武器，爬到樹上打果子，也打經過的鳥獸。父親默默在田裏工作，回來時才輕輕拍拍我的頭，也不說一句話。父親看見他開始拿木籐做獵具時只是靜靜的挪開桌上的木壺，把空間讓出來。獵具多了父親也是沉默地騰空了櫥櫃讓他佔去地方。甚至當我說要跟他到森林去的時候，父親也沒有做聲。父親在河裏踩着水輪。水淹了他的腳背又讓它流亮地露出水面。在太陽下我嗅到他身上甜美的玉米的香氣。他聽了我的說話便停下工作，俯下來靜靜看着我。我聽到草叢裏有田蛙的聲音。水淙淙越過榆木的輪子流到下面的岔口。他輕輕提起我的手。他的袖子上仍黏着種籽的芒刺。他看來憔悴，他已經非常老了。他看着我手上的脈絡再看看遠方的樹群。我聽到他沉重的呼吸的聲音。他的手在太陽下仍有一點冷，他把胸前的革袋除下，掛在我的脖子上。袋子裏面是燕莨花的種子。風雨的晚上它們會發出稻麥的芳香讓思念的人安睡。他看着天空，然後俯身下來吻了我的臉頰九下，讓我記得他和過去的歲月。他要我當心月亮和豹，因為它們不讓人們記憶。他說我要回來的時候，把革袋裏的種籽撒在地下，森林便會打開它的門。他再握着我的手一會便讓我去了。他的衣袍在風裏飄擺像張開的穗田。母親離去的時候，也是這樣的。當她不能在屋子裏住下去，當她說森林是一個巨大的呼喚，父親也是甚麼也沒說，就默默地陪她走到森林的邊緣，看她走進裏面，消失了。

我這便開始進入森林生活。

我記得啟程那一天，我們在矮樹叢睡了一夜，黎明的時候便醒轉過來。夜的聲音響起，不一會又沉寂下去。天上只有微弱的光，穿過橫伸的枝椏漏下來，流散在稀疏的葉子上像遊蕩的星。他把藍綠色的粉末擦在我們的四肢和臉頰上，好讓蛇和夜狼害怕。他的臉在暗色裏顯得凝重。我甚至看不見他的眼睛。他跪下來，從腰間抽出小刀在腿側輕輕割下去。血流出來，他把它擦在我們的前額和刀子上，然後把一撮米燃亮，撒在空中，便進入森林。閃爍的火花在空氣中眨動了一會便又沒入霧藍的曙色裏。

我很難想像森林的模樣，我是田野的孩童。我知道紅薯和芋。森林總好像是一個清晨的夢。現在，我感到寒冷從葉子上滲下來。風響起在彷彿佈滿翅翼的空中。我踏在柔軟的地上，潮濕的、鬆陷的土地讓我踩出小小的窪穴，水和枯葉慢慢流進去盪漾在風的陰影裏。太陽可能完全亮了，茂密的枝葉透下細碎的光，彷彿讓天升高起來。森林原來也不是漆黑的，只是潮濕和寒冷。有時冉冉的水氣上升，迴旋在隱約的光裏像尋找的手。我慢慢隨着他跨過石塊和下掉的枯枝，我有點害怕。垂下的籐蔓拂在臉上像龐大的蛇。他沒有回頭看我，他背着弓矢和矛，默默跑過樹群的縫隙。他的手很大，臂的脈絡流佈。我記得他的手，有時他會停下來拍拍挖空的樹幹。有時他只是指着地上腐爛的木塊讓我看深深的爪痕。他的手有強烈的樹的氣味。

我們在森林中央一個小丘的洞穴裏居住下來。這裏的樹比較稀疏。四週是起伏的土脊和石。木苔和長滿黃草的白泥在太陽下有點透明。石塊都有一種燃燒的紅色。再過去和遠方的兩側便又再是茂密的原始林了。我們的洞穴很小。壁上有奇怪的柔軟的紋像網，一線一線的帶着顏色。他把松枝燃起扔進洞裏讓動物出來。洞裏撲撲的水氣和松枝的氣味湧起在仍有點清冷的空中。火熄滅後我們便進洞裏。

我們沒有門。夜裏他環繞洞口在每隔一隻手掌闊的地方燃起一撮熊草。淡紫色的煙裊裊升起，夜的天空從柱間漏下來。睡在芳香的乾草間我聽見遠處河流汩汩的聲音。

然後我們不停的走路。他說狩獵是後來的事。於是我開始認識土地、這林裏的河流、樹和墳起的土脊、洞穴和泥沼。我知道白色的石塊是蛇吐出來柔軟的蛋殼。我知道泡沫雨、樹瘤和瘋草。我慢慢懂得空中浮泛的氣味和辨別腳印，風會從紅色的夜裏起來。我們穿過纏絡的長草和籐。他不讓我驚嚇匿藏的野獸，我便學會了森林的謙遜和靜穆。

有時我們沒有走路。我們留在洞穴裏觀看石和煙霧飄浮，有時雲從寬闊的林木升起。我們在寂靜中聆聽。我知道他要我們完全棄身在這無邊的曠野。

是一個無風的下午，我目睹了死亡和掙扎。我們在白木林穿過。他撿起一塊掉下的樹皮，告訴我浣熊便在不遠的地方。我轉過頭張看。就在這時我看見一條膊胳般粗壯的蟒蛇，牠在吞比牠大兩倍的鬣蜥。蛇張大了口，慢慢滑過鬣蜥的頭，牠口裏白色柔軟的內膜翻露出來，給鬣蜥頭上的疙瘩和刺壓得處處低陷下去。鬣蜥給蛇身纏蜷得不能動彈，只有尾巴仍得在空中不停的鞭撥。枯葉和乾枝給拂揚起來落在牠們的身上。這時鬣蜥的頭和半個身體已經在蛇的口裏了。但牠仍在掙扎。牠在蛇喘一口氣休息的時候把後腳霍地拔出來，拼命向後踩。蛇再把牠吞下去，但下一口氣時又是一樣。這樣重複了好幾次，牠不斷掙扎，但終於蛇還是把牠吃光了。然而在蛇腹裏牠仍在不住突突的標竄，好像一顆頑大的心臟，好一會才靜下來。蛇輕輕的盤蜷着。隔着空氣我感到了那最後的撲動。太陽刺亮，一隻山鳥搧搧飛過。在森林的靜穆中，蛇緩緩的伸展着疲倦的身體，森黑的皮膚閃着赫赫的陽光。我們悄悄走開了。我不能明白，但我覺得這是美麗的。

我開始第一次狩獵時已經差不多是春天了。他從洞穴裏拿出矛和弓箭。這許久我們都是徒手走進森林，小刀也沒有。我們只吃野果。他不讓我弄出很大的聲音，也不讓我踩過低陷的窪穴，他說那是大地的瘡疤。我們只是觀看和記憶。這一天他把矛和弓箭插在地上，燃起一撮楠葉讓紅色的火燄環繞我們的身體，然後跪下來用小刀劃破胸膛。他挖開泥土把血和仍然燃燒的火燄埋在泥土裏，再穿過煙霧向曠野呼喊，然後帶着我離開了。汩汩的回聲在四面向我們蓋過來往旁邊流瀉，我們朝着響聲在花朵和火蛇腐爛的氣味中投向開敞的森林。

我不曉得那是怎樣的綠色，只是天氣好像酷熱起來了。冉冉的霧氣游動。我們在朦朧的枝葉間穿過，背上已經有一點汗了。因此我們在巨茄冬旁看見這偌大的屬於寒冷的兇猛的犂牛起先是有一點驚奇的。牠的腿很短，鬆鬆的陷在雨後的泥裏。四肢外側的長毛濃密的垂下，披蓋着白色的身軀，牠不在牠山上的崖壁而在這裏幹甚麼？這裏也沒有雪了。牠是屬於寒帶的。天氣嚴寒的時候牠到這裏來。牠是沿着南面的小山路來的吧，來了多久呢？現在冬天已經過去了，牠還留戀甚麼？牠的胳膊隆起，頭因為疲乏或酷熱而沉重地垂下。嘴角的黏液延綿的流到地面。眼睛在濃密的鬈毛下差不多看不見了。牠一定是這樣子站了許久，也仍會這樣繼續站下去。遠處有輕輕的鳥的哨聲。然後一隻栗色的兔子跑過。我聽見他輕輕的呼吸。他靜靜拾起一塊石子。他説動物靜止的時候是不能殺的。牠們的生命不在那裏。他慢慢把石子舉起，喊了一聲便擲過去。牛吃痛後仰天嗥叫，跟着便跑起來。牠有一個人那麼高，十尺長，很胖，跑起來卻是非常敏捷的。牠的長毛在奔跑中飄揚起來像白色的翅膀。我看見他追上去。我第一次看見他跑。陽光中他躍過空氣、矮樹和石塊，有時我看不見他的臉，他的長髮和繫着小刀的繩子在身後顛躓着飛翔過去。強烈的陽光下他顯得很高，不斷從地面升起又再沉下。我不曉得可以這樣跑。犂牛有點驚慌，牠惶亂地在樹的空隙間穿過，差不多沒有方向。牠的角和身體劃過樹幹和短枝，擦擦的發出下雨的聲音。潮濕的黑土給踢濺起來，枝葉和牠白色的身體都染上了斑斑的泥漬，天空沒有雲。森林裏只有急促的追逐的聲音。

這時他已經躍到牠的身後，牠白色的長毛仍在奔跑中撥盪，沉下又迅速翻升。突然他跳上了一塊石上，一把抓着牠的尾巴躍到牠的背上去，牠驚愕了一會便立刻蹦躍起來，不斷地抖動，牠把後腿盡量踢高，希望把他摔倒下來。好幾次他滑到地上，但又立刻躍起，抓着長毛再攀在牠的背上，跳躍時牠的頭低低的垂下，在鬈毛中差不多看不見了。他緊緊挾着牠的兩側隨着牠的身體升降。突然牠靜止下來，呆呆的立在一塊石的背後。他立刻抽出長刀朝牠的頸節插下去。刀子起落時鋒口的亮光劃過雜亂的草叢，彷彿下墜的星。牠吃痛後立刻吼叫起來舉起前腿，然後發狂的向前衝過去。牠的頭伸前，在狂亂中彷彿甚麼也看不到。牠躍過橫枝和岩石，不斷朝空中跳動，沒命的撞向周圍的樹。灰棕的樹幹折斷、歪倒下來。牠的角挑起了黑土和石塊。林子裏盡是崩裂的聲音。泥巴、斷枝和碎石揚起，像風中飛舞的花葉。他仍緊緊的用手箍着牛的脖子和頸際的長毛。他的頭俯得很低；在瘋狂的跳撞中，他像縠衣般在空中飄揚起來，墜在牛的兩側，再砸在背上，然後又彈起飛放在空中。他的手一定很累了，但他的臉閃着亮光。空氣中飄飛着絲絲的細長的白毛，柔軟地降下又再升起。我的手和臉全是汗，心霍霍的跳着，但在太陽下卻仍感到非常的寒冷。牛還在狂奔，跳過岩石後又再折回，撞向岩壁。牠的牙齜噬着，眼睛發白。然後，一切都靜止下來了，揚起的塵埃徐徐降下。牛仰起頭呆定的立着。四周沒有聲音。我看見牠慢慢提起前腿用後腳直立起來，一動也不動，牠的頭仰起看着在正午顯得接近的天空，寬大的胸部輕輕的起伏着。風吹過，牠白色的長毛飄起，像寂靜裏逃竄的煙。他仍然箍着牠的頭子，懸掛在牠的身後，然後牠塌下來了，巨大的白色的樹，帶着塵埃和彷佛火燄的亮光。

他從牛腹下緩緩爬出來，身上黏着白色柔軟的毛彷佛新生的皮膚。我看見牠仍在輕輕的戰慄着，地面的小樹枝在牠雙腳的探索中抖動。然後牠靜息下來了。血從傷口中柔和的流出。他把刀子抽出來，輕輕刺入牠的咽喉，他使血流到泥土裏，好讓牠以後可以回到森林。隔着潮濕的空氣，我感到那溫暖的流動的血。他輕輕拍拍牠的眉心讓牠知道，然後把血擦在我們的額上。他拿起刀子在腹側割下肉，拿下角，埋好牠的四肢便離開了。遙遠的綠色叢中，牠白色的軟毛像紅河上白色的花。

我沒有感到難過。我隨着他慢慢走回洞穴。他把角掛在腰側。行走的時候，它們發出碰撞的聲音像火燄裏剝裂的竹枝。他一直沒有說話，也不顯得疲倦，陽光在他藍亮的手足上流過又隱沒入葱鬱的陰影裏。路旁的樹長着黃色、白色的菌。我心裏有一種奇怪的跳動，我經歷了血和死亡，而我不感到哀傷。一切顯得這樣美麗和必需。而他在動作中赫赫的閃耀着，像強烈的白色的光。

回來後他把角懸在洞口，風起的時候它們隨着影子輕輕的擺盪像離別的手。他默默拔下牛腹上的毛，生火把肉烤熟便放進革袋裏。他讓火燒得更高，然後站起來把白色的毛撒下。濃白的煙升起散逸在午陽下參差的樹頂。慢慢煙熄滅了，他把灰燼埋在洞外第一棵樹下，在上地上敲了三聲告訴大地，然後跑到他的石子上坐下來。那是一塊奇怪的青色的石，草菇一般從地上長出來在空中撒開，它的柄子上有奇怪的獸形的紋。他默默坐在石頂上，在風中朝遙遠的白色舉起他的手，然後再輕輕放下等待夜的下降。

狩獵後他通常是沉默的。白天我們在葉子和陰影中找尋獵物。黃昏的時候他回到石上。我用小石和枯枝射花栗鼠和兔。我還不會那樣子跑，有時他會把我拋高，讓我學習跳躍和撲擊，有時他也會跟我談及森林，但大多時候他都在獨自聆聽。沉默的時候他像樹，他只有在追捕和搏鬥中才以另外的生命活着。他有一種動物的矯捷，力量從他身上出來像爆裂的河道，沾濕了接觸的事物，但我仍是害怕。他只狩捕兇猛的野獸，他說牠們有許多生命，只在牠們願意的時候牠們才會死去，血流到地下之後牠們會有樹的形態，然後葉子誕下牠們的嬰孩。我還不能明白森林的生長，只是我知道牠們拒絕死亡的時候，他會受到傷害。

這便是曠野的試驗吧。但我仍不能完全適應，我害怕夜狼和豹。獅子只會遙遠看你，但撲過來的花豹是可怕的。他說越兇猛的野獸越害怕死亡，牠們會給自己最後的機會。但獵豹是不容易的，把普通的野獸放在石上，獅子便會圍攏過來，但花豹只喜歡狒狒和羚羊。牠吃飽獵物後會把屍骸掛到樹枝上獵狗和其他動物搜不到的地方，然後在附近睡覺看守着。但放餌是困難的。我們把餌放在豹喝水時可以嗅到但禿鷹飛不到的地方，但牠還會察覺我們的氣味，我們曾經守候四天，豹四天都來了，但牠在旁邊嗅了嗅便又隱沒在草叢裏。

用羚羊會容易一點，豹喜歡牠的肉，只是他不用羚羊做餌。他說牠們沒有讓大地害怕。狒狒是在南面的猴子林裏獵的，我們都不喜歡那兒。林裏有一種濃重的惡臭的氣味。猴子都帶一點藍色，遙遠看牠們在樹叢裏跳躍像濺起的藍土。我們走近的時候牠們會有諂媚的姿態。我們在樹後用石塊打牠們，牠們倒下之後我們用繩子套拉過來便離去。牠們有時也會在後面嘩叫，但牠們不會襲擊過來，牠們很少離開林子。

一頭豹通常每次只吃去四分之一的狒狒，大的會多一點。我們遇到最大的一頭豹差不多有十尺。我們在樹下等候胡狼，剛抬起頭便看見牠在不遠的荊棘叢旁悠悠走過，牠的毛很短，亮光在黑色的斑點上晃動，周圍也顯得斑駁了。我們剛要站起，牠便又沒入後面的草叢中去。那是很美麗的一頭豹。胸腹上有一種奇異的金色，牠漠然地慢慢走着彷彿有植物的驕傲，牠甚至沒有向四週張望。

我們到猴子林獵了一頭大狒狒，把牠掛在剛才的地方。那是一個小峽谷的裂口，入口處是長滿荊棘的樹叢，豹經過裂口到河邊喝水時一定會看見牠的。第二天我們在河中浸了身體便在附近伏着。狒狒的左腿已經吃光了，屍骸被拖到樹上，放在和以前不同的位置。地上有一個很大的清晰的爪印。花豹為了看守餌，一定躲在附近的。我們潛前一點，跪在長滿荊棘的樹根上穿過長草窺看。果然花豹就在樹下，他輕輕舉起弓箭，但牠已經驚覺地站起來跑開了，周圍只留下暗黃的顏色。我們等候了一會便離去，第二天我們很早便來了，我們等了許久。四隻鬣狗伸着楔子般的頭穿過草叢跑到樹下。幾隻橙色的鸚鵡朝小河那邊吧嗒地飛翔過去。花豹仍沒有出來，一群羚羊吃着嫩草走過來又去了。

然後氣氛忽然緊張起來，鬣狗偷偷地消失了，鳥的叫聲也漸漸停止，花豹要來了。他屏着氣息，輕輕地拉着弦，四週甚至沒有風。然後花豹終於出現了，牠豎着耳朵，小心翼翼地走向樹旁，一面盯着獵物。牠的腰很窄，從胸膛優雅地延向後腿，肩膊在行走中柔和地起伏。他仍用一隻腳跪在地上。四週很靜，太陽默默的照耀着，然後弦鬆了，我聽見風的聲音穿過空氣，箭矢飛躍出去霍地戳進了牠的胸膛，血在空中濺開像突然的花朵。豹翻了一個筋斗倒下去了，猛烈的在地上翻滾，碎石和泥土霍霍揚起。箭的末端在翻騰中折斷了，飛擲出來陷入泥裏。牠的爪在空中扒抓。我握着身旁的石塊緊緊的躲在樹後。我感到脖子僵硬，汗涔涔流下我的臉。受傷的豹會給整個森林帶來死亡的。他靜靜拔出刀子，但突然豹卻安靜下來，若無其事地從地上翻起，優雅地跑向草叢。牠用另外的生命活下去了。看見牠快要隱沒在矮叢中，他高嘯一聲從樹後躍出來站着，豹聽見聲音，立刻旋身向他撲過去。牠的尾巴翹起，截斷的箭桿從胸膛豎出來像另外的肢體。牠沒有叫，但低沉的隆隆的聲音不絕從張大的喉間瀉出來充滿了整個森林。他仍然站着沒有動，但在豹快要撲下來的當兒，他突然衝前跪下，舉起刀子霍地朝上插下去。豹轟地掉下來，吼叫着在地上猛烈地盤滾着，這次牠真的發怒了。牠狂嗥着驀地翻起躍向空中朝他直撲下來。他已經沒有刀子了，急忙中他拾起地上一截樹幹朝牠張大的咽喉刺下去。豹吃痛倒在地上，牠想摔開樹幹再撲過來，但牙齒都箝進木裏去了。牠猛地把由口裏伸出來的半截樹幹在地上敲，希望把樹幹甩出來，但牙齒只陷得更深了。牠直立起來，發狠地抓着旁邊的樹把口裏的枝幹往樹身上擂着。黑色的樹皮抖着落下來掉到牠的身上。然後樹慢慢靜息了，牠再向他撲過來，他沒有躲避。沒有咀巴的豹是不用害怕的。他們扭纏在帶刺的草叢中，但牠已經沒有多大氣力了。他旋即翻起來把牠按在地上，他用手按着牠的前爪。把膝蓋向牠的胸腹壓下去。我聽見碎裂的聲音。豹努力掙扎起來，後腳劇烈地在空中撥抓。他們扭纏了許久，不斷在長草中翻滾，他撐開牠的四肢，不讓它們接觸身體，不住用膝蓋壓着牠的胸膛。風慢慢起來了，林裏開始有樹的陰影。我放下手裏的石塊走向他們。樹林裏逐漸響起了其他的聲音，太陽也亮了。我看見牠慢慢靜息下來，一動也不動的躺着。他看着牠靜默的肢體，慢慢站起來，風從葉縫中穿過，吹動牠身上的樹影像拂撫的手。然後牠默默立起，抖動着美麗的短毛，安詳地沒入草叢中。

我們慢慢地在後面跟着。地上沒有很多血，但我們聽見牠行走的聲音。我們跟了牠許多天，牠不住地走，甚至沒有站到陰影的地方。樹幹仍在牠的口裏，牠啣着它像啣着夜裏的嬰孩。牠穿過小河和山脊，只偶然在樹上擦擦額上的軟毛。牠驕傲地走着像搖擺的森林。第五天我們離開了。他說口裏有一棵樹的豹是不能殺的。我們抓起一撮泥土向牠的影子輕輕撒過去。

回到山洞我們把種籽拿出來。狩獵後我們會把焚燒的獸毛埋在樹下，讓牠們從土地生長，我們給活着逃去的播一顆種籽。我漸漸認識了這森林和它的規則，我的生命隨着高聳的泥脊，和突然彎曲的山徑展開。冬天，我們躲在洞穴裏，感到寒冷、雨和泥濘降下。我們吃埋藏的蜜糖和肉。有時白羚沿樹叢走過。我們穿過火燄看雪從洞邊掉下來，有時煙霧消散，冰覆蓋了仍溫的柴枝。我們嗅到了寒冷的氣味。我不能準確描述曠野的冬天，它是一種奇異的白色，它穿過我們緊閉的眼瞼到達心裏。廣大的寂靜向遙遠擴展。有時顏色在朦朧的樹頂流瀉，像行走的煙霧，我們從指縫看旋轉的雲帶着傍晚的亮光散下、升起，然後黑夜覆蓋。他仍然沉默。他是樹和石塊。在他的寂靜和呼躍中我接受了曠野的法律和裁判、血的溫暖、速度和死亡。夏天，我們在清晨走路，他不讓我碰盤蜷的石塊，它們有隱蔽的手會拉着我們不讓離去。有時我們走過紅土的禿山。有時雨落下來，像傾斜的草葉四散。有時天空有樹的閃電。他讓我撫摸泥土，他說雷鳴是大地的嗆咳。我們向白色的大鳥俯首，牠們飛向大地而溺死海裏，牠們在沉重的飛翔中揭起夜空的風雨。而我們在每夜樹息的時候入睡。我們把血注入大地的窪穴，讓野獸遠離夢和海洋。傍晚的時候他拿枝椏鞭打石塊，把迷途的野獸趕回洞穴。我們喝樹的液汁。他把九芎的根在空中焚燒，好讓樹能在煙霧中生長。我們只吃野獸的胸腹，那是牠們不願看見的地方，他會把牠們的四肢藏好，讓牠們隨意從大地躍起。有時他會倒下。昏迷的時候他躺在白色的荒地讓風和大地治癒。我還不能明白他，他有很大的美麗的手，夜裏我會起來在星下看他，他的眼瞼垂下像靜息的小小的翅膀。有時他在夜空下亮起樹枝坐在石上，風穿過流動的火燄，我看見他的臉和飄揚的頭髮。他的眼睛有夜的閃爍。我已學會奔跑。有時他會把我舉起迎在風裏，他的臂胳像初夏的夜的枝椏。他有強烈的樹根的氣味。

我在血和樹的潮汐中進入了曠野的儀式，然後那一天來了。

我不知道事情是怎樣開始的，只是森林彷彿擾攘起來了。我聽見牠們的叫聲，鳥群劃過天空飛向北面的禿山。有時遠處有黑煙升起，動物在林中奔竄，不一會又埋藏在泥色的濃霧裏。我感到沙礫在微微戰慄，大地彷彿有陌生的騷動。花栗鼠從地穴裏出來，爬到樹梢，又沿着伸展的枝椏逃去。更多的胡鹿和兔在慌亂中撞死在樹旁。我們隱約在空氣中嗅到硫磺的氣味。然後森林寂靜下來了，偶然一隻麋鹿停下，一會又忽地逃向遠處的陰影。地上有一些紅蟻的殘骸，葉子的莖那麼小，牠們在逃走的行列中因害怕或是疲乏僵住了。我們拿起獵具朝野獸奔來的地方走去。空氣顯得稠密，低低的壓着飄揚的塵土。我們穿過彷彿凝固的樹影，四周一點聲響也沒有。一隻灰毛的松鼠偏趴在一根枯死的樹幹上，像一個樹瘤。他背着弓慢慢越過石塊和低陷的泥潤，弓上纏着的獸皮有點舊了，他拿着樹枝在地上敲着，偶然伏到地上嗅嗅。他說大地震動的時候泥土會有燃燒的氣味。經過榆樹林，他拿刀割開每棵樹的樹皮，大水之前，它們該流下黃色的血。我們穿過寂靜的白林，巨大的葉子飛揚像白色的鴿子，花瓣飄落在永遠潮濕的土地上，彷彿急促的翅膀靜靜停下。

林裏出奇的寂靜，甚至麋鹿和鬣狗也沒有，然後我們慢慢嗅到了輕微的燒焦的氣味。風過來，我們手上有黑色的塵埃。他拿臉貼着樹幹，他說仍聽見樹脈的聲音，這該不是火了。有時天空降得很低，火會從太陽下來，焚燒去年的葉子。但林裏的泥土仍是濕的，這一帶的樹很直、很高，到樹頂才有葉子，彷彿忘記生長。它們的根在地面交纏，整個森林像一棵樹的分枝。我們越深入森林，燒焦的氣味越濃，空氣也越稠濁了。然後我們開始看見那些死去的野獸。

他們的身上插滿了樹的碎片，焦黑的參差的枝條從肢體豎起像骯髒的手。黑血在傷口旁流出來彷佛釘死的蜘蛛。有的陷進泥土裏，看來好像還在掙扎。四周是焦黑的枝榦和野獸分離的肢體。一個山鹿的頭在纏疊的枝椏間好像移到樹上生長，牠的身體壓在不遠的樹下，一條腿折斷了，軟軟的翻到背後，我們都呆住了。我感到寒冷沉下，他吃力地提起手按着旁邊的樹，我聽到他緩慢的沉重的呼吸的聲音。我用手抓着他的衣袍，枝葉下一定還有別的野獸，我們屏着氣再向前走，但林子裏好像亮起來了。我感到汗涔涔的流下背樑。然後我發覺太陽強烈的照着眼睛，我們前面原來沒有樹了，寬闊的兇猛的太陽赫赫的照耀在我們前面延展多里的歪倒的枝榦上。這許多淩亂的巨大的樹的骨骼，有些在混亂中豎起，啞默地戟指着廣闊的天空，它們的邊緣燒得焦黑，嶙峋地環繞着中央的木像環繞一顆白色跳動的心。他仍然站着，怔怔地看着這毀敗的森林，陽光下他像一個黑色的影子，我只看到他彷佛透明的頭髮和臉的側影。他的手垂下，白色的透亮的手，在這堅硬的毀壞的樹叢上像白色的煙霧在光的背面猶疑。

然後我們聽見響聲，隆隆的震裂的聲音。樹隨着塵土和綠色的火燄塌下，黑煙和飛散的碎屑飄浮在白色的風裏。我們驚嚇得呆了。土地仍舊兀自震動。

葉子撒在我們的臉上。他趕忙拔出刀子跳上重疊的樹榦觀看。黑色的風拂過我們的衣袍，然後火燄在泥土下熄滅，濃密的黑煙慢慢散去了。我看見粗黑的男子在樹腳周圍挖淺淺的坑溝，把黑色的粉末放進去，他們在遠處拿樹枝點火，窄長的火燄環繞着樹身燃燒像紅色的環帶，然後雷聲和塵埃再起，樹倒在琉璜和醋的氣味裏。

我們怔怔的站着。他的刀子掉到地上，刀尖削過橫倒的枝榦，濺起細碎的樹皮掉在我的腳背像螞蟻的噬咬。我感到暈眩。我倒坐在樹榦上看他屹立在塵土的雨和火燄背後，他呆定地瞪視着前面冒起的黑色。他的臉在間歇的響聲和煙霧中浮現又隱沒。太陽下我感到寒冷凝結在我的背上像冰塊緩緩落下。

「他們從前用斧，葉子在根的傷口生長。」

現在地面留下黑色的窪穴，空洞的啞默的眼睛凝視着大地的灰燼像遠古的饑餓。偶然樹穴藏匿的動物隨爆裂的聲音飛射出來，肢體在空中散開，又沉重地落下在焦乾的血泊和黑煙裏。有的奔走出來在煙的嗆咳中昏倒，再隨着下一次爆裂死去。樹不住倒下，翻起的塵土埋下奔竄的野獸。零碎的骸體散在焦黑的土地上，像新的創口。我以為牠們全跑掉了，牠們還是不肯離開森林。牠們隨着樹的翻騰最後一次凝視這消失的曠野。

我在輕輕的打顫。風肆意地穿過這偌大的沒有阻隔的空間蒙罩我們的臉。我感到他在風中沉重的呼吸。他的袖子翻起又軟軟垂下，像折斷的翅膀。掉下的刀子在風的哆嗦中閃爍，亮光在他的臉上身上劃出凌亂的刀痕。他的眉鎖着，深黑的眼睛仍在最初的驚愕中張大。他沒有動，太陽穿過他的身體，然後雲層覆蓋。他重新隱沒在白日的黑影裏。

漸漸聲音平息下來了，塵土沉下，黑煙也慢慢散去。可能已經正午了。我看見他們挪開剛倒下的樹榦，騰出空地生起一個小小的火。一個黑臉的漢子站起來，他的一邊口角有一條橫伸的疤痕像一個永久的歪斜的微笑，他在地上拾起一隻昏倒的白狐，拿着牠的尾巴在頭上旋轉，一面向同伴跑過去。白狐在猛烈的甩盪中轉醒過來，拼命的掙扎。白色的軟毛不住掉下。他的同伴在火上架起短枝，一面遞給他一柄刀子。他把刀子擲開，捉着白狐的後腳便往樹樁上摔過去。血從爆裂的頭顱飛濺出來落到他的臉上。他提起手用衣袖揩掉便開始拔毛。一叢叢白色的軟毛花朵一般嵌在土地上。毛拔光了他便抓着後腿撕開，把內臟掏出來摔在樹樁旁，然後把牠穿好架在火上烤起來。白色的煙裊裊上升，隔着煙霧的空氣，我感到那混凝着泥土的心仍在突突跳動。

我把頭埋在衣服裏。在熟肉的氣味中我感到害怕。我的眼睛疼痛。我的前面全是白色的閃爍。然後我聽見他輕輕的驚叫起來。

他們正在拋擲一個黃棕色的球，上面有黑色的斑點。他們把它拋高，待它掉下再把它踢進地上的洞穴裏。他們不用手。球終於停下來，我看見它有一雙深黑色的眼睛，口裏含着一截樹幹。

我的心霍地跳起來，我抓着他的手。他發怔地坐在樹幹上。他緊閉着眼睛。眼瞼沉重地垂下像突然的陰影。他透明得像水。他的汗流下來。他的眉心在緊皺之下現出微紅的摺痕。他呆定的彎起腿把頭埋在膝間。他沒有說話。汗開始濕透他的背。太陽下他棕色的衣袖顯得堅硬，像拗折的枝幹。風吹過樹椿捲起細小的枝條拍在他的身上。雲攏聚下來。在移動的陰影中，我看見他輕輕的晃盪着。

他們開始吃起來。他們笑罵着把肉往同伴的臉上擦，又把別人的頭按在火堆裏。木枝噼啪的跳動，偶爾黃色的火花閃進白天的亮光。臉上有疤痕的漢子開始揪着一個瘦子的髮，瘦子拿火裏的柴枝擲他。柴枝掉在地上燃起了周圍散亂的枝葉。火慢慢蔓延開來。他們扯下瘦子的外衣踏在地上壓熄火燄，一邊踢開枝葉，把泥土撒下。

火熄滅了，我跟着聽到遠處嗚嗚的聲音，黑煙從山後慢慢飄散過來。

「車子來啦。」

那是黑色的蝦一般扣着環節的長長的車子。它沿着地上的鐵桿慢慢走進這倒下的森林。人們開始迎上去。它隆隆的行走的聲音充滿這多風的白色的正午。太陽仍刺刺的照耀着。他忽然抬起頭，他的嘴巴張大了，我從沒有見過他感到這樣害怕。

「這是最後的森林！」

他驀地站起來喊它停下。他的臉在呼喊中發白，脈絡在額上現出來。他揚起手，但車子仍沉重的駛過來。黑煙從煙突升起，筆直往後面奔竄，再散開在下午的空間。慌亂中他開始向車子奔過去。他要讓樹留下在這最後的叢林。他踩過歪倒的枝幹迎着奔走的車子像迎着巨大的豹。車子到的時候他從枝幹躍下抓着車旁的桿子，要把車攀停下來。他的髮在車身旁揚起像黑枝上空氣的鬚根，車仍在奔走，他吃力的攀着車的邊緣呼號。他的聲音被車聲淹沒了。然後旁邊的風和車的速度把他摔倒在地上。

車子慢慢停下。工人喧叫着趕到他倒下的地方。我穿過他們擠在他的跟前。他躺在一截巨大的樹幹旁。他仍昏迷未醒，他的頭髮散在兩截樹幹的中央像黑的籐蔓。他們伸手探他的鼻息，知道仍有呼吸便立刻向他斥喝。我伏下蓋着他的身體，他們推開我。他們揪起他的頭髮，把樹枝戳他的皮膚讓他轉醒過來，但他仍然昏迷。他們罵了一會便把他擲到不礙着他們的地方。我箝伏在他身上不讓他們碰他，他們把我提起拋到附近的石塊上。我的肩膊疼痛欲裂，但他仍沒有醒過來。他袍子的帶子鬆脫了，露出寬闊的胸膛在太陽下緩緩的起伏着。

他們把樹幹一一扛到車上，然後便隨着車子離開了。我提起他的肩膊開始慢慢把他拖回洞穴裏。

他一直沒有醒。他躺了三天。我在他周圍燃起艾草，讓強烈的氣味進入他的呼吸。我給他喝九芎根的液汁。夜裏我在他胸膛上擦紫茄的葉子。我沒有睡。我拿着他的手看守着他的睡眠。有時他會吃下餵給他的熊奶和蜜。但許多時他只在陰影裏顫抖。第七天我決定做一輛木頭車。

我們避開太陽和強烈的光。我把葉子覆蓋在他的身上。輪子揚起地面的塵埃，藍色的煙霧升高再沉下蔥鬱的陰影。偶然河裏發出呼呼的聲音，多泥的黃濁的河流，灰色的陽光下差不多沒有影子。我不感到疲乏，我只有一種奇怪的空洞的像饑餓的感覺。我不敢停下木車，他隨着車子顛動，教我以為他仍活着。他甚至沒有流汗。樹投影在他透明的臉上像投影在碎石的河流。然後我看見太陽下那廣闊的玉米田。

父親正在田裏澆水。穿過玉米影影綽綽的白色花絲，我看見他瘦小的身影蹲下復又起來。我沒有做聲，我已經高許多了，他會認得我嗎？然而他終於向我奔走過來了，他已經非常老，奔跑的時候他的身體傾前，斜簽在風裏像搖擺的禾穗。他把我的頭緊緊按在胸膛上，我嗅到甜美的玉米的香氣，但他更瘦了，行走的時候，他有大地的沉思的神態，然後他看到他。

他輕輕走過去凝視着他的臉，那是一張叢林的臉。他輕輕撥開他眼前的髮，用臉頰吻了他的前額三下，便把他推進屋子裏。他抖去蓋在他身上的樹葉和短枝，給他換上柔軟的衣袍，然後用小布揩去他身上酷熱的痕跡。我替他脫去繩鞋，他讓他睡在床上，拿白麻蓋着他的肩膊，便不讓我騷擾他。他帶我到後面山上採藥草，他沒有問甚麼，甚至沒有要我說話，他只不時回過頭看着我的臉，拉着我的手領我越過墳起的土丘和窪穴。在他的七月仍有點寒冷的手裏，我嗅到盛夏強烈的生長的芳香。他搗碎草藥塗在他的胸膛上，然後讓他喝辛辣的湯。黃昏時他醒轉過來。

但他也不是真的醒過來。父親在揉他的頸背，一面把黏着木碗底的草藥敲在桌上，突然他張開眼睛，彷彿聽見甚麼，坐直身體。第二天他摸索着，害怕地走到門邊，把耳朵貼到門上，他的手在發抖。他在那裏站了一會，突然回過身來，蜷縮在牆角，再也不肯站起。父親走過去輕輕提起他的手，我搖着他的肩膊，但他茫然的看着我們，父親只得在遠處看守着。

他一直沒有做聲，也沒有動，只在餵他吃玉米粥和紅薯的時候讓父親揩去額上的汗。白天他伏在門後傾聽，有甚麼聲音響起來他便又退回牆角，抱着膝害怕地看着前面不遠的空間。晚上他不肯回到床上，他把頭夾在膝間睡，雙手箍着頭頂。他睡得不安穩，常常驚醒。醒了便害怕地朝黑暗窺望，然後拿木柴在牆邊生火。火燄發出必剝的聲音，他淌着汗，有點驚異地看着火燄上抖動的透明的煙，他的臉在恍惚的火燄前發出淡淡的柔和的紅光，像更燦爛的雲層背後一個遲疑的太陽。

早晨我們在濃煙和嗆咳中醒來，這時他才睡去。睡着時他流白色的思念的淚。父親悄悄把它揩去。父親滅去柴火，在他上面的屋頂開小小的窗子，讓濃煙離開他微弱的呼吸。他小心繞過他，不驚嚇他的睡眠，但他看着他的時候臉上顯得沉重了。

然後他開始走到外邊去，他坐在門前隔着矮樹叢看雲層下攏聚的陰影。他沒有走進林子。他在矮叢躺下，用手支着頭怔視着林間隱約閃動的光。他在長滿木耳的落木背後蹲伏好久，貼着地面聆聽每一個聲音，然後好像察覺到甚麼叫喚似的在空中躍起，突然跑前去。他穿過峽谷和乾涸的水道、屋後疊起的柴堆、土坑和泥畦，然後倒在門前一動也不動。逐漸的他再不肯回屋子裏。父親默默的守着他，拿手溫暖他的臉，把洗好的革袍披在他身上，我替他的額擦上樹脂，但他仍然看不見我們。最後父親給他在門外架起一個枝葉的洞穴讓他躲避風雨。

白天他吃玉米粥和果子，傍晚的時候他坐在洞穴裏。有時他會在月升的時候呼叫，斷續的孤獨的聲音像月的灰燼散播在寂靜的空中，父親會起來整夜握着他的手讓他安睡。我靜靜看着。但慢慢的他不再發出聲音，也不再奔跑。他整天盤坐在門前，一動也不動，呆呆的怔視着顯得遙遠的森林，汗涔涔的流下。他的眼睛在思念中更是疲乏了。他再不肯坐在草洞裏，他讓太陽和風雨和悠長的追憶淘去最後的夜。

然後有一天醒來時空氣裏全是玉米的香氣。我們走出門外，風吹來了玉米粒和葉子，白色的絲絮降下像空中的網。我們趕到田裏。一株株亮綠的玉米給拔起來扔在田邊，淡黃的穗子垂下像衰弱的手輕輕搖擺。他正把水注在田裏。他的身全濕透了，是因為寒冷，或是因為疲乏，他顯得無力再動。

「夜裏牠們會來喝水。」

他從後面的小河抬水到這兒來，一定工作很久了。地上全是水漬，水滴或是汗不斷從他的額上掉到眼上。他疲倦地閉着眼，跌坐在地上。父親輕輕走過去揩乾他臉上的水滴，把身上的乾衣給他換過，讓我把他扶進屋裏便拿起水桶往河邊走。在忽起的柔和的風裏，白色的玉米的絲絮在巨大的田野的窪穴上映着森林中逐漸移近的黑煙飄飛，像輕輕的慰問。

但他是那麼蒼白。夜裏他不再睡覺，他徘徊在田邊徹夜守候。他衰弱得不能抬起頭，他像風一樣透明了。

然後有一天夜裏我們聽見奇怪的聲音，我們燃起火桿出去，卻看見他正把大門劈開，他用他最後的氣力，一下一下的在砍。外面地上豎着高高矮矮的木枝，我們的桌椅都破開了插在地上。他已經非常疲乏，許多次他舉不起手來。父親默默的看着，一聲不響。最後，他慢慢走過去接過石斧，攙他坐在不遠的地上。我們開始砍去床和牆壁、灶子、樑柱和屋頂。我們完成他的思念，我們把木枝插進地下，樑上的木雕從泥裏豎起彷彿迎向空中的沉默的生命。

天差不多亮了，木的叢林才建成。他在旁邊昏睡了又醒過來，累得抬不起頭。我們攙他走進這人造的木林裏，他便倒下一動也不能再動了。父親拿樹枝墊在地上，在林中再造了一個洞穴讓他躺下。太陽照在這叢林裏，地上有奇怪的影子像張望的獸。

第二天早晨他再沒有動也沒有呼吸。我重感到一種強烈的空洞的像饑餓的感覺。他側躺在地上，默默面向着煙霧漸濃的曠野。他的雙手按着土地，蒼白的唇微微張開像遙遠的呼喊，他的眼睛深深看着遠處的日漸稀疏的樹影，彷彿要在記憶中挽回一個正在消失的叢林。

父親沒有哭，他在他身旁守候了一夜，他把玉米的花絲散在他周圍的土地上，在泥裏撒一顆種子。太陽起來的時候他拿胸前盛着樹種的革袋掛到他的脖子上，便帶着刻刀和一撮玉米種籽離開了。我們走向山後面白色的荒地。風雨來的時候那裏會開透明的七瓣的花。

我們慢慢的走。父親行走的時候，身上沾着的玉米的絲絮飄揚開來，像濃密的翅膀張開俯向大地。

一九七八

牛

我在二樓的廊間看見它，他們把它從冷藏庫推進解剖室上課。一個女孩子在由外面雨濕的腳步帶來的泥漬中踉蹌了一下，把蓋着的白布扯了下來。它深棕色的在風美林的浸蝕中仍顯得乾癟的堅硬的裸體便在強烈的藥味中驟然充滿了這靜靜的四月的長廊。它左邊的胸肌和肋骨掀開了，露出深赭色的瀏亮的心臟像一塊剛冷卻的暗色的玻璃。我看不清它的臉，可能是臉上的輪廓在顏色的轉變和硬化中逐漸逃離了人的注意。然後他們離開了。在逐漸遙遠的籔動中，它胸肌的纖維不住在微微抖動，清潔明亮的廊道的燈光下，這兀自豎立的肌膚在遠去中更像一塊毛邊的油布、驟然折斷的門、油漬的椰衣，而不像土壤和一度的胸懷。

一

我把沉重的背囊放下。營幕的鐵枝從袋口豎出來，在地上刮出淺淺的小溝。我坐在背囊上等童，堅硬的金屬的炊具在太陽下有點微涼。我把地圖從口袋裏抽出來，再看看方向和距離，把夾在上端計算行走時間和宿營地點的小咭移正，便放回口袋裏。風在這放晴後的清晨的陽光中仍有點雨的痕跡，吹在頸背上沁涼的像一點昨夜的記憶。然後我看見他從矮叢那邊慢慢走過來。他只帶了一隻水壺，長長的肩帶從左肩垂到腰間。他慢慢的行走，一輛自行車朝他過來又遠去了，車輛在他身上投下迅速的陰影再帶着陰影離去。他寬闊的白色襯衣在風的拂拍中使周圍的亮光抖動起來。而他慢慢走着，穿過這早晨的戰慄和塵埃。他的行走帶着大地的靜穆和驕傲。

「只一隻水壺麼？」

「carora ba
a wah」
（水的聲音
是好）

他把 carora ba 輕輕唱出來，中央的音節漸次高揚，重複着，變化着，再靜靜低沉下去。於是這清晨的拂盪中便有溪水流過卵石，在風中猶疑停頓，再流麗的盤旋到遠處。也有鳥吧，留駐一會，又飛走了。他的語言是不難明白的。他用音調和整個身體把感覺說出來。在這以前他有很長的時間不能說話，開始時他在句子中央停下來，不曉得怎樣繼續，最後是甚麼也不能說了。然後一天我從沙漠做實驗回來，他拿着一個蘋果在門階上等我，說oworr，一切便這樣開始了。他聽事物的聲音叫他們的名字，沒有聲音的，他依據形狀、氣味、嗅覺和觸撫。於是辣椒是 luhrrr，而冰塊是牙齒的撞擊。相同性質的他給它們相同的音首。木勺、椅子和樹都是 luwo 開始。事物的大小、長短、方向、持續與短暫，他用聲線的起伏，雷雨是沉重的滴滴和 gnrrrr，微雨便是牙齒裏舌頭輕輕的顫盪了。動作和心裏的感覺，他加上了整個身體的變化，及各種濃密不一的嘆息和子音。歡欣是 wwwh 和單腳站立環抱雙手在背後旋轉。臉腑伏在膝上是恐懼不安。他不說顏色，他說具有那顏色的果物和自然。他隨他的所見做字，在不同的投入裏改變已定的聲色。但了解他是容易的，而且他有他的手，一雙碩大美麗、敏感多變的手，隨着他的說話來回拂動、飛揚、旋轉，在靜默或是歌聲裏尋找、舒張、肯定和改變。他用手指描繪一頭黑色的蜘蛛攀緣，在風中哆嗦掉下，再在網的糾結中扶定，你便開始感覺那輕輕的牽纏，揮去又再乘風回來。他會用他美麗的手按着我的肩膊，緊握我的臂，或輕輕拉着我的鬍子讓我看濕泥裏一枚半裂的閃光的胡桃，或是落葉在斑駁的顏色中溶進塵埃，他的接觸有一種柔和的溫暖，你從他的把握中覺到了他生命的奔流、焦慮和歡騰。他撫摸每一件事物，撩撥它，緊抓它，喚醒它，把它放到臉上讓它感覺他的憂喜。但許多時他把手藏起來，在衣袖裏、口袋裏、臂脇下，沉默地看着他繪滿板壁、茶壺、杯子、泥碗上的牛，在參差的繡紅的寂靜中一動不動的呆立着。

現在他是愉快的吧。他伏在地上看一株月爾草，他的手圍攏在小小的仍帶着早晨的閃爍的紫色花朵上，輕輕合上，再張開，柔和地讓花瓣擦過掌根，拂過來復撫動的指頭，從縫隙中越出，再隱閉在傾斜的掌心，這美麗的碩大的手，陽光中帶着罕有的溫柔在迴盪的拭抹中猶疑的苞放抒張，像兀自的生命，試探着、思索着，挪動着初甦的身肢蹣跚地進入新的擾攘。

然後她來了，她從對面小路跑過來，細碎的急促的腳步在清晨裏徹響，像跳動的心，纍纍的果子掉下。她喘着氣，盈盈的站定，笑着，微紅的臉上細細淌着汗，明亮的清新的臉，流瀉出溪河、晨光、蜂蜜和鳥。

「我遲了。」

她舉起手把垂到臉前的髮輕撩到肩後，柔軟寬闊的衣袖隨着高舉的手滑過手肘，再垂垂飄下。

「噢，不遲。」

她的肩上有極輕淡的細細的紫色漬痕，像一頭小小的紫色的蛾。昨天留下的吧，我買果子的時候碰見她，約略說了這次旅程。

「誰一起去？」

「童。」

「噢。」

她檢起一枚紫亮的美麗的茄子，放到臉頰上，偏着頭輕輕看我。

「我可以去嗎？」

是那時沾上的吧，茄子的皮劃破了，或是蒂莖裏流出液汁。她便帶着這小小的蛾來到這白日的開端。她把肩上的麻袋放下，看着童，慢慢的跑過去，蹲下，再又羞赧的站起來，垂着頭用腳尖在周圍劃了一個細細的圓。我感到一種極鬆軟的流動，輕輕的在心裏沉下。

「該走了。」

童輕輕攀扶着花的莖桿，看看我，便站起來。他把水壺移到腰際，開始慢慢朝林子走去。我背着背囊走在中央。我比較高、粗壯，在仍低的太陽下，我的影子越過他們伸展到前方。我們便帶着山的肅穆開始了我們的旅程。

我們穿過木槿和草櫻的短叢朝南方走去，清晨的太陽穿過我們的肌膚給我們帶來了一種微悸的祈望。荑走在我的身旁，她柔軟的細小的臂膊不時輕輕擦着我抓着肩帶的手肘。我感到了這旅程未來的允諾。然後栂樹和石斛逐漸繁密了。草徑隱沒在恣意地攀滿整片土地的綠色木苔背後，它們離開了海和潭澤，在林野豐潤的陰地裏帶着不同的容貌和慾望像動物一般奔騰。我們曉得我們已經進入森林了，透明的暴戾的森林以奇特的年青的綠色佔領了天空和白日的亮光。童甯伏在地上，木苔濃密的綠色葉子掩蓋了他整個身軀和四肢，只剩下黑色的頭髮像停息的樹獺。

「e owo iuwoii
wwwwh
wwwwh
e owo luwoii」
（我的頭在根上
歡欣的

歡欣的

我的頭在根上）

他輕輕的揉着雨後的土壤，淡色的手指和指節從緩慢擺動的葉縫中顯露又再消失，像小小的撥鼠猶豫的在穴間探首。風穿過樹林發出奔馬的聲音。他慢慢坐起來，把水壺窩在手心裏，團着腿安閒的看着這帶着野獸般活力恣長的青綠。他的臉沾了晨早的露和輕輕的泥巴，斑駁的掩映在已經正午的太陽下像石上的獸刻，泰然的、豐饒的，安立在亙古的時間裏如季節和夜。萬拿出手絹，輕輕走過去跟他揩掉了。她把頭髮攏後，亭亭的坐在他的身旁撥弄着身前的草葉。她垂下頭，她白色衣袍裏的膝蓋溫柔的挨着了他團坐的腿，她的嘴角隱隱帶着微笑。我抓緊了背囊的繩子。風從栂樹下垂的枝椏吹過來。我的口腔裏感到太陽和運動帶來的酷熱的氣流，在風裏進來，降下，從胸中翻起，再濃重地沉落。

我把背囊放下。沉重的背囊，在地上揚起了一陣塵埃。我的肩膊酸痛，背囊是太沉重了，我沒由來的感到一種落寞的感覺。我打開背囊拿出水壺，水壺的帶子把一份剪報拖了出來。收拾的時候我不想把它留下，便放進背囊裏。現在它在這寂靜的叢林裏重把我帶回每次看後感到的強烈的不安裏。「二十年的刑期屆滿後……他不僅喪失了記憶和思維能力，而且還存着精神分裂的突出表現。」我用手拂掃地上的落葉，細碎的葉枝在晨曦裏有點霧濕的清冷。風把剪報輕輕翻起。他是這麼好的小說家，二十年的牢獄。「他的每日晨昏在胡同裏掃街，就是一種不可抑制的強迫性動作。這症狀一旦出現，每每欲罷不能。」我心裏感到一陣疼痛。我沒有期望他繼續寫作，但他甚至不能如常人般活着。他寫這麼好的小說，他是啟發我的作家之一，他幫助了我，改變了我，而現在他受這樣的苦，我沒有為他做半點事情，我幹其他一切又有甚麼意義？我把剪報深深揣在懷裏。我不知怎樣做。我浮盪在事物的外端，徒有空泛的憂介。我對一切又有甚麼幫助？而於目前的一切，我更是無從參與了。童繼續看着這獸一般的綠色波動，而她的臉轉向了更美好的祈望。我是在外邊的。

「luwoor pfee
yrou
iri
iri」
（樹升
雲

在上

在上）

風從後面矮叢那邊吹過來，栂樹柔軟下垂的枝葉隨着風煙一般向上飄揚，像一頭透明的綠色鼬鼠。童把一株鹿草摘下來，莖桿上已經有了淡色的小花。他把它啣在嘴裏，站起來，雙手抱在腰後，用下顎輕輕擦了左肩兩次，右肩三次，把左腿伸出來碰了地面三下，再縮回，向前跑了六步，停下，再擦肩，把右腿伸出來，再奔。萬笑着，也摘了一株鹿草追上去了，忘了擦肩，便又跑回來重頭開始，她白色的衣裙在奔走中揚起像傾斜的雪狐。在綠色的晃盪中，一切彷彿愉快起來了，我也啣了一株鹿草趕上去，於是這濃墨點拂的深影裏，便有三頭鹿奔向林間深處。

傍晚的時候我們在一株榠櫨樹旁坐下，剝落了的鱗片似的樹皮，在樹幹上留下了毛羊的形狀。我用枯枝生了一個火，柔軟的上升的白煙在稀薄的暮色裏像猶豫的蛇。我們用甘薯、蘿蔔和豆煮了一鍋湯吃了，童便在火旁躺下，他的頭側臥在水壺上，雙手墊着臉，背着營火蹺伏着身體睡了，像一個小小的孩童。營火的亮光掩映在他美麗安詳的臉上像來回的撫拂。我們的影子在火舌的閃爍中柔和的伸縮着，彷如細小的行走的步履，穿過塵埃和亮光回到遠古的時間。我在火的另一端扎營，讓荑睡去。她也累了，她已經斜倚在石旁許久，凝視着營火或是那後面的迷惑。她也美麗。卻亦有了年青的不安。我回到樹旁坐下來。夜裏的小蟲在我的手上腳上咬了小小的紅點。風漸漸從陰影中起來，入夜可能更涼了。童只肯睡在空野，我起來把營火弄大，欀木的根在火裏發出柔和的芳香的氣味，像輕輕的慰問。

二

我醒來的時候太陽已經很大了。荑把營幕摺好在石旁守候我們起來。營火已經熄滅，白色的灰燼黏滿了童濃密的頭髮。然後他也醒來了，他坐起來揉揉眼睛，拿水壺在耳旁搖晃，讓水的聲音帶他進入這清晨的飛翔。那是一隻很大的皮革的水壺，像鳥的形狀，他一天在屋前種豆子，在泥土裏發現它，便一直不肯離開它了。他把水壺在肩上掛好，便朝南方走去。我和荑分了一隻果子，慢慢走在後邊。他早上只喝清水。行走的時候，柔軟的樹的灰燼隨着他的腳步和風從他的周圍飄起，降到肩上，再飛揚開來，像一叢縈繞的白鳥簇擁着王者不散。

「Orura」

（鳥蛋）

在一塊巨大的綠泥石旁我們看到一枚小小的鳥蛋，綠色的差不多透明的殼上有白色的細碎的斑點，從尖端向下流落，像突然的雨，剛開始卻又在半途停歇了。是搬家時掉下吧，上面仍沾着清晨的露。童在石旁找到一條仍帶着小葉的羽毛一般的攀藤，細細把它綁起來掛在頸子上，他用手把下端輕輕托在心胸裏，讓心的跳動喚醒牠匿藏的生命。我們環繞着童旋轉，伸出手重疊在蛋上，溫暖着這蟄居的鳥。然後童開始跑了，他張開空敞的手，停在空中，垂下，再輕輕揚起。我們從他的兩旁飛翔上去，在他身前切合，散開，在兩側轉身，再在他身前交疊，散開。

palata
pfew
palata
palata
pfew

我們在聲音的震盪中教牠在卵壁裏飛翔。

正午的時候我們都有點累了，櫰樹和白樺高高的樹幹無限的伸展到曠野的開端，像魚群游向海的盡頭。太陽從濃密不一的枝椏上漏下來在地上形成一潭潭移動的光。我們坐在陰影裏等候風穿過樹幹和石塊的縫隙。一隻木鷚從枝椏上飛下來，在我的背囊上停下，又芟芟的飛到光的背後，牠這麼小，三吋也不到，青色的身體在飛翔中像一尾受驚的魚。童倚在一塊蠔青色的石旁，用手依着石的紋理行走。它從火裏出來，在空氣和水的召喚中變形、凝固，青色的身體上爬滿了白色的水蛇般的紋跡。我從背囊裏拿出乾魚來讓大家吃了。風從我們背後吹過來，帶着細微的沙粒和酷熱，彷彿是突然的盛夏了。然後我們看見石斛後一叢叢的山荷葉。我們拾起東西慢慢走過去，明亮的日光下，碩大的山荷葉在風的拂盪中彷彿有了水的神態，流麗的，鱗樣的，在前方盤旋過來，又從旁流盪過去。童把鳥蛋移到背後，奔到葉叢中央，雙手合在頭的上空，蹲下，像詩中那樣向東面撲跳過去。

「ulowu yoho
ulowu ughg
ulowu duma
ulowu a waaah」

（魚躍
魚的驚愕
魚落
魚是歡喜）

他旋遊了一會，潛到中央，隱沒在綠色的動盪中，再把雙手合在頭的上空，向南面撲躍，呼嘯一聲，笑着，再掉下，藏伏，潛遊過來，歌唱着。他白色修長的身體在跳躍中伸展，隨着手的指向徐徐滑落，像白色的挺拔的弧。蕫在西面也躍起了。她寬闊的衣袍隨着她的動作輕輕飄擺，美麗的魚，掉下了，再從笑聲中站起，她的長髮披亂在她緋紅的臉上，活的、汗濕的、澄亮的。我把背囊放下，脫下襯衣，也躍到這帶着魚的活力生長的葉叢當中。我張開四肢，我臉上胸膛上感到太陽下莖桿溫暖的柔軟的撫觸，我嗅到泥土裏強烈的夏日的香氣。我輕輕在荷葉叢中揉着我的臉，我的鬍子擦在莖桿上發出了細細的綷繚的聲音像珊瑚裏的開合。太陽照曬在我赤裸的背上，我從四肢裏感到了一種曖昧的綿密的流動慢慢伸延到我的心裏。

晚上，月帶着一種奇怪的紅色升起。我們把欀樹樹皮下的白屑在水裏搓成小餅，在火裏烤熟吃了。小小的樹餅，在嘴裏留下了魚的甜味。童把山扁豆的葉放在鍋裏燒水，它們有茶的清香。

三

第三天，我們在仍有霧的時候醒來。我們還有幾天的路程。樹木彷彿逐漸稀薄了，矮叢帶着碎散的黃色伸展向南方像細碎的星。童在樹下喝水。他在旁邊的小穴裏拿出鳥蛋，小心的掛在頸子上，他胸前的一顆鈕子鬆掉了，軟軟的垂在原來的短線上像奇怪的月亮。荑從麻袋裏拿出一隻小盒，微笑着走過去，在他團坐的腿前蹲下，溫柔地替他縫上。她偏着頭，頭髮軟軟的在臉上拂動。她的手拉着線揚起，在空中停頓，再慢慢垂下。然後她俯前把線咬斷，她的臉輕輕貼着他赤裸的胸膛，美麗的頭髮滿滿的散瀉到他身上了。我感到清晨的渾沌，我把水灑在發燙的臉上，冰涼的水滴流到我的胸膛上進入了我的心裏。

我重感到一種落寞的暈眩。我的肩膊發痛。還有多久才到呢？或許我應該回到心的居所，那廣大的家居。我沒有記憶，亦沒有熟悉的繫念，只是一種模糊的卻極強烈的牽掛，濃重的屯積在心裏，揮之不去，籠罩着我的慾望和行為，隨着每一細微的遙遠的顫動，帶來深深的疼痛。我能夠為他們做些甚麼？

這無數遙遠的跳動的心。但我甚至不能處理自己的感情，而童如此美麗。

中午的時候我們躺在樹旁的水潭裏，讓清涼的水帶去日來的疲乏。白苔細小圓型的葉片鋪滿了我們微黑的手和臉。然後我們起來讓它們在風中乾了，它們飄離我們的身體像小小的星宿，遊盪一會，便隱沒在濃密的草叢裏。沒有飄去的，我們帶着它們行走若日月的紋飾。

我們在地穴和樹洞裏找到小小的蜂巢，雞卵一般大小，上面佈滿小小的圓型的洞，輕輕亮着蜜的亮光像淡色的太陽。我們把蜜倒在小盅裏，攙着水來喝。它們有濃烈的豐潤的香味。然後夜來了。

我們在櫸樹旁邊坐下，堅硬的樹皮和樹瘤透過襯衣輕輕壓着我的背。粗糙的皺紋和剝落的鱗片內細細的長着雙瓣的圓型的葉像孿生的月亮。天柔和的暗下來。然後我們聽見輕輕的叫聲。風習習的吹進林間。童肅穆的站起來，用枯枝生了一個小小的火，他把椿樹的枯葉撒進火燄裏，淡紫色的煙霧帶着強烈的香氣升起。他繞着火堆慢慢的跑，每周之後俯伏在地下，再呼嘯站起來。

「hpehh
mu duma
n eooe e

ge reye
oo
alluya
ii e reehrr
mu alluya」
（悲哀的
你掉下
不要看我
用依戀
的眼
回來吧
因我的懷念
你回來吧）

我們繞着火奔走，童把枯葉撒進火堆裏，紫色的煙霧霍地標竄上暗紅色的天空，我們朝火燄跪下，再向外奔竄，面對着荒野伏拜，alluya, mu alluya，回來吧，你回來吧，再奔向火燄，跪下，旋轉着，頌唱着，alluya。我們面對火燄的時候拿樹枝往地上敲三下，停頓之後再敲，教夜行的野獸藏匿，讓去世的能夠在樹林的記憶中行走無礙。他們從塵埃中掉下，然後在季節、風雨、秩序的進行裏因日月的懷念從塵埃中復生。然而他們仍是憂慮，他們猶疑的守候着，藏匿在慾望和懷疑背後，帶着濃烈的鄉愁看着他們或許未能再入的世界。

我們摘下椿樹的嫩枝在頭上輕輕拂動，環繞着火燄迴唱 alluya alluya。我們讓樹葉的香氣和搧動的風慰撫他們的心。回來吧。我們把嫩枝掉在火堆裏，高竄的白色的煙帶着強烈的芳香和細碎的火花進入這顫抖如水的夜空。

然後火慢慢熄滅了。我們躺在微溫的草葉旁。火堆裏爆出必剝的聲音讓最後的閃爍搖晃。我們俯伏在地上，我們的頭貼靠在寂靜的夜裏，腿向外張伸，我們輪次向天空舉起我們的腿。我們是六射星，我們以我們的光芒召喚。回來吧。

四

第四天，太陽穿過稀疏的樹幹瀉落我們外露的肌膚上，赤熱的微癢的感覺像海浪裏的鹽。童翻過來把鳥蛋迎着太陽舉起，淡紅的陽光映在海綠的蛋殼上隱約透出了潛伏的影子。模糊的生命的凝神、蠕動，等待成形、舒張、破壁飛翔。他讓蛋波浪一般在他臉上旋轉，從下顎開始，滑到寬闊的額角，越過頸項，停留在開敞的胸膛上。然後他把它窩在雙掌內，笑着，把它藏在我的鬍子裏。

「orura p wurura
oruru p wurura
nanu
nanu a wah」
（蛋在窩裏
蛋在窩裏
溫暖
溫暖是好）

我的頭躺在一叢榎草上，我的一隻手拿着瓜，一隻手拿着小餅。我要坐起來，又怕蛋掉下，只得靜靜的躺着。童和茣已經笑着跑遠了，nanu a wah，而我的鬍子裏有一隻待裂鳥蛋。

我們走了許久才坐下來。正午的陽光在沒有阻隔的海色的天空中逐漸強烈的照曬在藤黃的土地上。一隻鷹從檜樹的矮叢搧起，撲撲的飛向背後遙遠的森林的陰影。我們走在平闊如海的曠野上像穿過古老無礙的時間。一團團淡黃色的草叢隴起在細葉的檜樹的矮叢中間，它們柔弱的莖桿從濃密的中心生長，輕輕散落在周圍的土地上像柔軟的下垂的浪，有些透明地蓬起，光穿過稀落的莖葉像穿過煙。我們每人躺在一棵矮叢下，藉着蔭影和風的庇護躲開白日的混沌和疲乏。我的臉緊挨着仍涼的脆弱的枝椏，樹的矮枝和地面剛容下我粗闊的身幹，我的腳卻在太陽下感到了海鹽咬蝕的輕輕的刺痛。我掙扎着站起來，龍舌蘭狹長的沒有枝椏的樹桿零落地豎立在海浪氣味的沙石間。我走在颼颼的空氣裏，風吹過曠野帶來波濤的聲音，淡黃的仙人掌海沫一般從地上湧起。然後我聽見童帶着海的鳴嘯奔跑過來，他的頭輕輕傾前，手張開柔和的旋舞着，迴盪的水，帶着他緩緩翻捲到地上，隨着身體的弧型波動，徐徐的扭轉，拱起，再流落的伏下。但突然他翻騰上來奔躍，撲到我的身上，把我壓下，在我身上來復的披覆着。

「e
pforora
huure
lowur duma」
（我是

浪
揚起
樹倒下）

我的頭掉落在一叢柔軟的榎草中央，他向横架在我的胸膛上，笑着，太陽下他的身體有甜美的孩童的氣味。風吹在我的臉上，我感到一種清涼的舒坦的流動。我從他的身下站起來，迎着浪再 lowur duma。他呼嘯一聲漩渦一般繞着我奔跑，然後從背後盤過來纏着我的腰。我承着他的重量跑着，他卻朝我的膝蓋窩推下去，我又倒了。他從我的胸膛下翻過來壓在我的肩膊上，我扛着他站起來，笑着，軟下來，又倒在地上。我比他粗壯兩倍，每一次都給他攀下了。莄從遠處呼笑着，拿着麻袋跑過來，把採下的果子傾在我們身上，黃色的渾圓的漿果驟然從我們的頭上、身上瀉下，像黃色柔軟的雹，冷冷的溜過我們灼熱的肌膚。我們喘着氣吃着果子，清涼的液汁流滿我們的臉。我們是海洋裏重疊的樹，彼此向横架上天空，童在我上面，莄在童上面。我們的身上長着圓熟的果子。

「owolo
owolo

huf ala
lowuyiba」
（漲滿
漲滿
空山裏
槳的聲音）

五

第五天。我們醒來時月亮已經在我們左面不遠的地方，我們在太陽未起之前趕路，我們的水喝光了，童睡前把水壺放在傾斜的葉子下，早上只盛得半壺露水。他讓我們喝了，把空敞的水壺掛在背後，風來它發出輕輕的嗥嗚像牛的聲音。矮叢更是稀疏了，帶紅的土地在零落的黃草中央更寬闊地展開，無盡的土地，雲的土地，夜的土地，在我們的張望中緩緩升上天空。我們的腳步比前更慢了。風穿過荒野的聲音彷如地的崩裂。我看着胸前掛着的羅盤，還有兩天，向南五十里，東南十二里。但我們都疲乏了。我把炊具雜物和鳥蛋留在矮叢那邊，只帶了重要的文件、夜間的衣服和營帳。蕙把頭髮束起放進鴨舌帽裏，她把麻袋掛在左肩上斜斜向旁垂下，像一個美麗的小兵。她的繩鞋輕輕拖在沙礫上發出沙沙的聲音像雨。只有童仍帶着安閒的靜默走在荒野裏，像雲航過碧空。

中午，我們在唯一的矮叢下休息。天更廣闊地升高，透明的天空，帶着移動的風和鳥，土地一般把我們覆蓋在搖曳的睡眠裏。童伏在地上，他的臉藏在短枝和乾葉中央，黑色的頭髮蓬在地面像潮濕的土壤。他的一隻手壓在胸膛上，一隻手在地上來復的掃着。

「mu
e
asuri
ddhh」
(你
我
拂撫
雨)

他用腳輕輕的敲着土地，輕輕的水滴的聲音，萬把帽子掛在矮樹上，她把頭斜斜的倚着攀着樹枝的手，拿着枝椏輕輕在地上劃着，風把她的頭髮吹過微紅的臉，又讓它明亮地露出來。她看着童，慢慢的站起來走到他身旁坐下，asuri，歌聲自土地升起進入浮盪的天空。她偏着頭聆聽，幽幽的拔着腿前的草葉，散到童的背上，再緩緩把它們掃落，她的手在童的身上、背上溫柔的拂拭着。白色的花朵、水流和夜。

我在口腔裏感到一種苦澀的味道，我站起來茫然的走到太陽下，絲蘭尖硬的葉端穿過我的褲子刺進肌膚裏。禿身的龍舌蘭枝幹更寥落地散在草叢和岩石間像孤獨的呼喊，從土地攀向空中再沉鬱地降回大地。我感到有點饑餓，摘了一點仙人掌吃了。旁邊一株植物帶着彷彿奇怪的步履生長着，淡紫色的葉子，在相接着莖桿的地方有點透明。我摘下一塊嫩葉放進口裏，它在舌頭上有輕輕的痳痺的感覺。然而口渴是竭止了。我摘了一些，跟仙人掌一起帶回去。

童伏在地上睡了，他的手和臉藏在泥土裏，白色的身體隨着呼吸緩緩的起伏着像初晨的高空。他是天和土地，他隨着日月的運行和季節帶着不同的顏色、姿態和生長鋪展在風和空氣裏。萬卻在悄悄的哭泣了，她也像我吧，守候在不經心的事物旁，為一切隨意的動作所傷。我把葉子讓她吃了。她回到矮樹旁坐下，垂着頭怔怔地看着沙地上蕪亂的正午。

傍晚，萸和我感到胸腹裏強烈的不適。開始時是輕微的疼痛，到日落時分變成了急促的抽動。我們在沙礫的地上和逐漸寒冷的感覺裏翻騰着，我的內衣全給汗沾濕了，迎着夜風冰一般貼着我的脊樑。我爬起看萸，又在抽縮中倒下了。童給我們的翻動聲驚醒，驀地站起來奔到我們身旁，他抓着我的腕在我胸上聆聽，翻開我的眼睛察看。他思索了一會，拿毛氈蓋着萸，脱下上衣，把營幕覆蓋在我身上便朝石叢那邊跑去。

回來的時候他給我們吃山扁豆的根。苦澀的清涼的感覺隨着我們的戰慄落到我們的身體裏。我們的腹痛慢慢竭止了。萸疲乏地睡去，美麗的臉在初升的月影中顯得更蒼白了。童抓着我的鬍子細細看我，他攀着我的頭用寬闊的額擦我的臉。風慢慢大了，我在鬆軟的感覺裏慢慢地睡過去。

我醒來的時候月已經高了。暗紅色的濃密的雲光影一般浮動着，覆蓋它一會，又隆重的遠去了。鹿鼠遙遠的叫聲像土地的哭泣。然後是強烈的寂靜。我坐起來拿襯衣給童披上。萸細小的身體踡伏在毛氈內睡熟了。風穿過草叢和空地發出空洞低沉的叫聲像濃烈的鄉愁。童攜着我的手守候在龐大的夜裏。

六

第六天是強烈的光。

蔫在天亮時醒來。她柔軟蒼白得像霧，她掀開毛氈坐起，看見我們便明靜的笑了。她慢慢從麻袋裏拿出小梳梳理頭髮，柔軟的及肩的黑髮隨着每一下的梳子揚起，再緩緩散落，那張開的金色的陽光的網。我割下一株仙人掌，去掉刺讓大家吃了，它的中心像柔軟的甘蔗。

我們伴着蔫慢慢的走着。童替她背上麻袋，她把頭髮結了辮子垂在肩上，輕輕挨着童的臂膊垂下頭溫婉地行走。太陽下她的臉重新有了輕淡的顏色，從臉頰伸展到微紅的耳朵背後。我感到眼睛疼痛，眼腔裏我看見樹的年輪轉動。我頭上感到了太陽的撞擊。轟。我聽見那聲音。

正午。我感到從沒有的酷熱。草越來越稀少了，土地以更深的紅色延展至遙遠的盡頭，然後是那眩目的白色的光，天降下沉重的白色的火燄讓土地帶着鏽蝕的顏色和鐵的氣味燃燒。風把灼熱的沙粒吹到我們臉上像星散的火花。我開始不能思想。我應該熟悉的而我沒有。我遠離廣大的國土，投向它在異地的痕跡如鷹投向石的遺骸。我狼藉於朦朧的繫念裏，帶着不安的心墜入夢中，卻無能進入更大的家居。我思念古老的街巷和人，遊離在它周圍而不無大的恐懼。我日漸憂傷了。

太陽更強烈的曝曬在我們的肌膚上，帶來彷彿剝裂的聲音。我們走在鬆散的土地上揚起了光亮的紅色塵埃，霧一般懸盪在我們周圍，剛落下又隨着行走的腳步揚起，我們浮游在一團永久的紅雲中央。我們的腳有時陷進軟泥裏，拔出來時地上有小小的窪穴。我們沒有蔭庇的走着，甚至沒有風。四處是逐漸巨大的紅色石塊和微弱的褐色的草，零落的躲匿在石的陰影背後。陽光下石的肌膚帶着埋藏的石英和雲母星散地閃着尖銳的亮光，在我們眼前張開了一面跳動的白色的光的網。我的頭旋轉着。我扶着一塊巨石站定，萁已經伏倒在陰影下了。我們便坐下來休息。

那是一塊巨大的紅簾石，赤紫色的紋理上暗暗的閃着光像埋藏的星宿。它在中央彎折，輕輕曲下來成了我們暫時的庇護。我再拿出仙人掌去掉刺給大家吃。它在刀削的地方輕微的黃了。我們的手把它染上了紅色，這我們也吃下了，我們的舌頭上有鹹鹹的鐵的味道。

仙人掌的液汁在我們紅色的手掌上流下了小小的河道。我們在石上揩手，石給沾濕了，暗了顏色。我們用紅土在旁邊畫一百個太陽。

「pseh
lu
alaar」
（光
退去
大地）

童抓着土輕輕撒向太陽，它在紅暈中消失了一會，再強悍地照曬在我們頭上。我們收拾東西，甚至地上也是太熱了。我抓着紅簾石站起來，它在我的手上碎裂，輕輕掉到地上像紅色的雨。我感到唇和口腔爆裂，剛才火燄降下去，現在再隨着移動的步履燃燒。而我們甚至不能呼吸了。太多的紅土進入我們的體內，我們沉重得不能舉步。我們拿手帕綁着我們的鼻和嘴巴，避開沉積的空氣。然而土地越來越鬆軟了，紅色的泥土揚得更高，紅色的雲霧把我們覆蓋像夜，前面的路沒有了，我們完全裹在模糊的渾沌裏，只感到強烈的光箭矢一般穿過雲霧投向我們頭上。我們朦朧的朝西南走。

然後白日漸漸退去。風起來吹過我們頭上，把紅土散去一點，有時又更沉重的讓它覆蓋。我們的口裏混和着塵土有一種黏膩的感覺像厚厚的青苔。我的腿強烈的疼痛，彷彿隨時像紅石碎裂，跨覆在地上。萸柔軟得像土，她抓着童的臂膊慢慢走着。

落日在空大的曠野顯得扁平而寬闊，狹長的雲在它身上橫過帶着鮮橙的顏色像虛假的線。我們是非常疲乏了，我把營幕的鐵枝遺下在樹林裏，在這荒漠中我們要找地方避過風和早晨的露。我們按着彼此的肩膊走，萸按着童，童按着我，像歌唱的盲者。我們的影子傾斜在我們的左下方，在頭的地方連起了像帆。一條船的骨骼航行在荒野裏。最後這也溶進更大的陰影。終於我們在石叢的背後找到了一個地穴的進口。

我們把一塊石子掉下去。它隨着傾斜的石壁滾動了一會就停止了。我沿石道爬下，石有點滑，地面卻是鬆軟的泥像上面的紅土。萸把蔴袋交給我一步一步的攀行着像小小的蛾。童沿石塊滑落，一下去就踡伏在地上睡倒了。我把營幕給他蓋上，讓萸睡近洞壁的地方，拿毛氈替她裏好便也睡了。這洞穴躲避了荒漠裏夜間強烈的風，但我背上感覺有微微的濕氣從泥中升起。最後我也睡過去了。

夜裏醒來我好像聽見雷的聲音。

七

早晨，我們在太陽未起時已經轉醒。昨夜蔭庇的石穴在微昏中顯得闊大。我把營幕疊好，跟童一起坐在地上看上面漸次升高的太陽。天逐漸亮了。我們看着淡紅的光逐漸瀉下傾斜的石塊像緩慢的水。暗啞的岩石在移動的日色中慢慢冒出顏色。我們回首喚黃，卻砰然在石壁上看見牠們，轟立着的無數碩大無朋的牛。

我們終於找到牠們，我們找了這麼久，現在牠們天空一般，無限俊美地傲然矗立在我們跟前。起初牠們是模糊的影子，帶着粗略的石的面目，然後隨着陽光和我們的注視，牠們昂然佔去整個偌大的空間。正中是兩頭巨大的毛牛，用黑色勾出了形貌，輕輕的紅色在旁疊着。牠們十三四尺高，面對着面，身體是鏽紅的石的顏色，胸部隨着岩壁的輪廓隆起，在腰間挺拔的窄下去，牠們昂起頭，揚開腿，帶着一種蘊蓄的氣勢悠然的對視着。牠們的膝間是五頭小小的稚牛，淡褐色，三頭完整的偏着頭奔跑，兩頭迷進石裏去，留下淡淡的顏色像呼吸。重疊在第一頭牛身上是一頭土色的牝牛，身體修長地張伸，棕色的蹄踏着石悠遠的向前面展開。第二頭牛腿上是一頭赭褐色的牡牛，微黑的背柔和的向腰間淡下。牠的後膝屈着，前腿舉起，仰着頭，淩空的在石間探視。兩頭巨牛中間是一頭麝香牛的側影，沒有腿也沒有尾部，栗棕的顏色從身體瀉在石上停住。牠的頸伸前，舒朗地探往可及的將來。

第二頭牛尾巴過去在鄰近的石壁上，是一頭驚奇地美麗的紅色犎牛。我們在照片上見過牠了。童在雜誌上看到我們二百多里外這洞穴被發現的消息，旁邊附着一張照片，便是牠。牠穿過了洞穴的昏暗躍入我們的空間，泰然瞪視着我們的繁瑣和喧攘。童看後再不能安然，他沉默了。他把許多年收集的洞穴壁畫的圖片貼滿板壁，日夕思望着進入遠古的自然。然後我們開始了我們的旅程。現在牠更美麗莊嚴地重現我們眼前。牠約十六尺高，巍峨地柱立於石壁上方。牠的邊緣和鬈毛深黑，然後鐮紅的顏色從雄渾的肩膊瀉落腰間，在腿上轉了淡褐的麻黃，再散下濃黑的蹄上。牠的前膝在空中屈折，後腿朝上曳開，嗥鳴着昂然向我們躍過來。牠的背在石上成了一個美麗的下陷的弧，承接着這許多年的沉默與時間。

他再過去是一頭棕色的騰空躍起的公牛，帶着六頭黃色、淡赤色、赭黑色的小牛，牠們的腿很胖，矮矮的跑在石壁的下方準備流盪到遠遠的空間，牠們上面是一頭泥黑色的牡牛，角微微彎向上空，胸肚間淡紅色，牠的前腿張開，揚着頭，躍向高處的岩壁。

對面的牆上是一頭巨大的奔躍着的黑牛，重疊在一叢紅色牛群上面，無數紅色的角、腿和尾巴從牠肢體旁露出來，牠龐碩的軀幹內隱隱透出芽紅色的身的側影，纍纍的生命，穿過了夜和雨。牠的右下方是兩頭棗黑色的犂牛，背對着奔向相反的方向，一頭中了箭矢，背上和腹上留下一塊強烈的紅色，激濺的血，躍進四周岩紅的壁間。再過去在石壁的正中是一頭巨碩的、懷了孕的母牛，約十五尺高，用後腿立着，肩膊斜斜的歪向前方，小小的啞紅色的頭在龐大的傾斜的身軀上成了奇怪的美麗的對比。牠的腿旁周圍是個別的飛揚的牛隻，栗紅色、褐色、籐黃色，有些斑駁地剝落了，柔和的回到石的心裏。只留下落落的震撼。

然後我們發覺牠們每一隻都是奔躍着的，甚至隨意刻下的粗略的線條，沒有顏色，也許沒有明顯的形狀，然而整個石壁間貫穿了一種律動的飛騰。牠們重疊着、緊靠着、親近着，各自在個別的空間蘊含待發的力量；輕輕昂着首，引領你轉向牠們的方向，在不經意的跳躍中感覺已呈現或將待呈現的事物。牠們在石之上奔躍，在固定的範圍之內飛騰，凌駕了一切知識和官感，凝聚在時間裏，在猛躍中超越自己，沒有滯留的處所。牠們帶着對生命的驕傲騰向空中，無知於自己的力量，在翱翔中飛揚、展示、震撼，在仍在的臘紅、黑和啞褐中舒啟他們狂野的生命。而戰慄的空氣穿過古老的時間搖晃着這沉默的洞穴。

我感到一種無由來的不適。我站起來退到旁邊的石壁旁伏下。我的心強烈的跳動。我偏着頭努力看着洞口，卻感到這些泰然的強力的生命的注視。

童仍然沉定的看着石壁，他的臉有一種罕有的凝重的神情。童是天的孩童，他失去言語時仍是舒坦，現在卻有一種彷彿茫然的不安了。他團着腿看着，手放在膝上，手指卻奇異地藏到掌下面去。蕙也起來了，她起晚了，她把毛氈放好，輕輕跑到童的身旁坐下，她看着壁畫，靜靜的驚呼着，看見童的臉，卻又靜默下來。

太陽慢慢移動，偌大的石洞逐漸昏暗下去。石壁上留下籐黃和麻紅的大塊的顏色，動物的線條退卻了，但活的、飛揚的震撼卻更強烈躍進周圍的昏暗裏，撩撥着我們環繞的空氣。我在頸上背上感到了輕輕的慄動，我微微的喘息着。

遠處，我仍聽見雷的聲音。

我拿出仙人掌來，跑過去遞給他們。蕙愉快地吃着，她是完全康復了。在微光中我看見她豐腴的唇輕輕的動着像淡紅的莢果。童卻把它放在旁邊一塊圓石上。他撥開額前垂下的頭髮，更專神地注視着石壁上漸次深沉的黑暗。荑猶豫地看着我，慢慢吃下最後一口。她注視着童沉默的臉，俯身過去拿起仙人掌送到童的唇邊。童木然地看着前面模糊的暗影，好像沒有看見。她疑慮地拿着，然後垂下頭輕輕放下。我看着他，感到一種更大的無可解釋的不安在心胸裏急劇地翻騰着。

然後月升起。月帶着輕輕的寒冷瀉進了深沉的洞穴。雲航過又在風中遠去。暗紅的雲給白色的亮光帶上了微弱的顏色。風在空敞的洞穴裏吹着，像低低的嗥鳴。一明一滅的清淡的月色中，壁上的牛彷彿帶着吼聲向我們莊嚴地奔竄過來又安泰地退下，牠們是完美、自若、蘊蓄、無懼而不可遏止的。

荒野的風在夜裏逐漸強勁。荑抱着臂膊輕輕的瑟縮，我起來拿毛氈給她。她猶疑地接過，深深地看着童，握着他的臂膊一會，便在他的旁邊躺下。童仍一動不動的看着石壁，我拿旁邊的營幕張開給他披上，營幕的重量讓它自肩上滑下了。我拿繩子把末端在他胸前結好。童便像王者一般團坐着。

月終於完全隱沒在石穴後面。我們在靜寂的黑暗中守候。我開始聽見雨的聲音。

早晨，我們在轉動的日色中迎迓牠們。我們看見初升的顏色，我們的心微悸着，然後牠們驀地衝向我們的臉上。我急促向後挪去。

外面的雨彷彿下大了。雨落在堅硬的岩壁上發出撲撲的聲音像奔走的蹄聲。我發覺童靜靜把手放進口袋裏，他的手被蕁麻的液汁蝕傷，斑紅的結着小小的痂。我們是殘破襤褸的，被一切經意或不經意的事物所傷，我們撫觸我們的痛楚，小心穿行在事物間。牠們在激越和沸騰間飛躍，負載所有貫穿的年代，安然環視所有活過或未活過的事物而投身無限。我們有大的恐懼。我們手揣臉孔，只在掌間感覺自在。牠們身負箭矢而奔躍在時間上。我們活着，告別着，懊悔過去而害怕那尚未呈現的。我們的臉孔轉向輕易的事物，當生命俯身觸動，我們又猶疑地退卻了。童已是無懼，他仍要藏起傷疤。我感到了更大的羞慚。

洞穴漸漸昏暗，雨幃幕一般遮去了白日的亮光。雷聲隨着風貫滿了這小小的石穴。萬鶯坐起來，緊緊抓着童的臂膊，一會才平靜下來。童仍端坐在沉默裏一動也不動。昏暗中我看不見他的眼睛，只感到他美好的臉凝結着。萬憂慮地看着童，她按着他的額，輕輕的推着他，拿手溫暖他的臉。我感到非常累。我躺在地上，泥土的濕氣從衣服傳到我的肌膚裏，我重新憶起一切忘卻了的恐懼，童年的，莫可名狀的。恐懼身體變大，浮起；恐懼一切事物在我手裏碎裂；恐懼羞恥；恐懼我的恐懼讓人知曉；恐懼空氣變得柔軟，接合在我的周圍不能張開；恐懼夢；恐懼不能夢；恐懼下陷；恐懼漩渦和浪；恐懼傷害親近的人不能挽回。我迷糊的睡去。

我在黄的搖晃下醒來。我感到一陣寒冷的戰慄，我的衣服濕了。地上全是水，鬆軟的紅土浮在一潭潭水泓裏，攙着泡沫像紅色的岩漿。空氣是潮濕黏膩的泥沼，盤旋在我們上方。黄裏着氈子站着，輕輕的哭泣。童的褲子全濕了。他的手仍在褲袋裏。我把他攙起來，一起爬上附近一塊大石上等水退下。但我們坐下後便覺得害怕了。風從洞口急劇的吹進來，雨水像瀑布般帶着紅土瀉下洞口傾斜的石塊。我們在石上沒有雨，但傾下石道的雨水撞擊在石塊上不住激濺到我們身上來。夾着紅土和碎石的雨，衝擊在身體上帶來了尖銳的寒冷和疼痛像紅色的冰雹。我們的衣服上染上了斑斑的紅漬。我的臉孔和手因寒冷和積結的泥巴僵硬得不能動彈。不知道是寒冷還是恐懼，我的胃強烈的在攪動着。洞穴的水已經完全淹沒了泥土，淹沒了我的背囊和石塊。雨水不斷從石道旁的石縫中漏下來，在壁上成了小小的河道，交疊的水的網，慢慢攀滿了整個洞穴。現在水離我們的腳只有兩尺，甚麼時候它會完全淹沒石頂？我感到寒冷裏一道焦熱的氣流自胸中湧起，滯留在我的頭裏口腔裏不能洩出。

我仰起頭，空氣裏盡是鐵鏽的氣味，銅的氣味。水霧沉厚的重量不斷向我壓下來。我們逐漸不能呼吸。我讓自己伏在石上，荑也躺下了。只有童仍團坐着，凝視着洞壁上的黑暗。我的耳朵盡是蹄聲，是雨的聲音，還是壁上的牛在雷暴中安閒的奔躍？甚麼時候過去了？現在是黑夜還是下午？我們的官感浸蝕在過多的雨水中漸漸麻木了。

水現在離我們只有一尺，岩石有四尺高，水若再升高要下去跑到岩洞上面就更困難了，而他們不懂游泳。我拍拍童的肩膊，教他們學着我慢慢沿石子伸出來的地方爬下去。

可是，我們一接觸地面便墜入更大的恐懼了。鬆軟的泥土在水的浸積下變成巨大的泥沼，深深吸陷着我們的腳，我們不能動彈，我們的腿隨着任何輕微的動作陷得更深。荑驚呼一聲差不多暈倒過去，童也在突然的變化中驚醒了。我們恐懼的相視，我們現在是甚麼也不能做了。我們一手握着彼此的臂，一手抓着岩石的突處，避免水流把我們沖散或在泥渦裏再陷下去。荑蒼白得像夢。她張着口甚至不能哭泣了。童驚愕中沮喪地看着這一切，他緊緊抓着我的臂像最後的接觸，我們如此脆弱無助，他深深地戰抖了。

我們的手在長久的張力中慢慢失去了知覺，我不知道我們仍在緊抓石塊還是任它鬆弛了。混濁的紅水中我們亦不能看見。水已經淹到我們胸部。是我們陷下去還是水已經漲高了？我開始慢慢墜進了黑暗。

然後我突然看見光，電閃進石穴，白色的電光驀地充滿了小小的洞間，分出了天和地，地面是屯積的泥土和雨的汪洋，風帶來的波浪翻過了小小的陸地，撞擊在石壁上再飛濺開來。墳起的泥土上擱淺着給雨水中沖下來的黃草，一蓬蓬的纏結着，偶然的石塊給水沖落在土裏像重重的果子掉下。我感到窒息，我的頭浮盪不定，在這寒冷潮濕的恐懼的感覺裏，我的身體好像在不斷的向下飄落，越過了天空，夜和月。電再閃進來，奇異的強烈的白日，間歇的反映在洞穴的汪洋裏，帶着零散的閃爍像星。然後我看見獸屍。黃鳥的屍骸，隨着雨水沖進來，沉浮在小小的石室中央像暗色的魚；小小的昆蟲的屍骸，微塵一般的散佈在水面上，枯枝般的蜇蜴的屍骸，袋子鼠的屍骸，臉頰因水或是儲藏的種子鼓漲着，野兔的屍骸，貍的屍骸。牠們的洞穴漲滿了，隨着夜的傾覆跟我們一起落到這小小的海洋。這些自然的碎片，它們在風和波浪的擾攘中穿梭在我們周圍，不時撞擊到我們身上像刻意的催促。我們走了六天，經過了爬蟲走獸、魚鳥、日月星辰、陸地、海洋、光，回到宇宙之始。我的頭急劇的敲打着，我漸漸夫去了知覺。

巨大的雷聲猛地把我們驚醒，石穴輕輕的震撼着，細碎的石塊沿石道滾進水裏濺起了紅色的浪花。在電光的連續閃爍中，我看見一隻白色的美麗的犂牛在洞口徉徜，牠從容的走着，越過了洞口再轉折回來，輕輕把角在洞口的石上擦着，牠的頭緩緩擺動，閒雅的安詳的來復，然後便離開了，舒泰、自若、而不經意，牠背上白色的長毛在風雨中柔和地翻動着，像細細的召喚。

雷繼續響了許久，洞穴在電光的閃爍中突然爆開，再萎縮在黑暗裏。然後雨停了。

石穴間的水仍在風中湧盪着，我背囊口的繩子鬆脫了，裏面的東西隨着水流飄浮在枯草和獸屍中間，地址簿的散頁、工作程序的紙片、新書目的小咭、沙漠研究報告的草稿、內陸作家的剪報和影印本、給他們寫的未完的信。紙張給水浸得柔軟了，黏貼在我們的身上。在這遙遠的荒漠的寂靜中，它們重新把我喚回當前的繁瑣和繫念裏。我仍未能回到過去吧。而我們如此脆弱。

我們躭在石上。我們的氣力失去了，我們是柔軟的黏上，隨時在最細微的動盪中塌下。荑衰弱得像風，甚至不能觸摸了，她仰面癱瘓在石塊上，黑色的長髮披散在縫隙裏像寄生的草蔓。童伏倒在我的肩膊上，他再不能觀看。之後他會怎樣？只有壁上的牛仍帶着更鮮明的顏色安祥地傲然立着。

水終於沿着隱秘的出口慢慢退去。地面開始露出來，鬆散的紅地，黏着散亂的草石、紙張和屍骸。現在只等候太陽和風驅趕餘下的漬水。還有多久呢？我們的肢體已經離散了。

地面可以行走的時候我們已經虛弱得不能動。我們竭最後的力量拔起腿跑到石道旁。我背起蕢慢慢爬上去。石仍有點滑，我們摔倒許多次，我的足踝扭傷了。我們踏到地上之後便立刻倒下，昏睡過去。

我們醒來時太陽已煌煌的照着了。我的腳紅腫，疼痛。蕢仍昏迷未醒，她白色的衣袍染上了褐紅的顏色像成長的椿葉。她的手緊緊抓着童的衣角。童仍怔怔地回首看着洞穴的黑暗。他在思想甚麼？

我的腳傷了，黑色開始蔓延開來，我暫時不能行走。但蕢仍昏迷，她的臉蒼白而透明，她急需救治。我喚童先帶蕢回去醫理。我再休息一會，拾回背囊便會趕上他們。我把羅盤除下，掛在童的脖子上，脱下衣服縛在他的腰間。我抱起蕢，小心地把她交到童的手上。童看看蕢，沉思着，他美好的臉樹一般升起。他俯下身拿額擦着我的鬍子。他的呼吸裏有強烈的土地的芳香。

「我們再來。」

他重新用言語跟我交談。我們兩個遠離宇宙的人，他於人類遠古的童年，我於廣大的家居。我在深深的不安裏仍不若他盡心。我曾做了甚麼？我是更遙遠的人。我們會再來嗎？他亦要負新的責任了。

我怔怔的看着他抱着蒉慢慢遠去。他寬闊的衣袖在風中拂拍着，像毀損的翅膀竭力揚起。

一九八〇年

一個暈倒在水池旁邊的印第安人

編者按：這些筆記原藏於加州史氏海洋研究所檔案室。本刊駐美記者取得研究所所長羅生柏教授的同意，交由本刊發表。筆記原作者是七十年代研究所學生，是所內唯一的中國人，為人害羞、寡言、與同學不相往來。他的筆記放在一個灰色文件夾裏面，外面畫了一顆胡桃，右上角有「報告」二字，但內文不類學術報告。為保留學術材料以便有志者將來進一步研究，以及保存海外華人生活鱗爪，本刊謹把筆記發表，不加刪節。

發現：

他挺拔沉默如我父，我起初不曉得他是印第安人。他倒在研究所旁邊模擬海潮的水池邊，手垂到水裏，蜷伏在那裏像一個嬰兒。我們剛在化驗所前曬網，網上還黏着紅草和雛魚。我退後站到樹旁的陰影那兒，便看見他了，遠看他像初冬的土壤，我們走上前去，看見他上身赤裸，只穿一條羊皮的短袴，腰旁有一柄套着鹿皮鞘的短刀。他的手很冷。我們用亞摩尼亞把他救醒，然後攙他起來。他隨着我們的協扶站起來，緩緩升高如一頭熊。

我們領他進入會客室讓他坐在沙發上，沙發的柔軟令他害怕，他狐疑地站起來，看着逐漸平伏的坐墊，然後遠遠跑到牆角蹲下來。此後他再沒有走近沙發了。他抬起頭仔細看我們。他的頭髮很短，臉孔舒坦而柔和，輪廓有點像我國北方的男子。或許遠古的時候我們曾是親近的人，他的先祖從蒙古遷徙，穿過相連的冰峽經亞拉斯加來到北美，我們因此臉上有相近的痕跡。但我們也只是猜他是也夷族吧了。他不懂英語也不懂西班牙語，我們請來了本地的印第安人當斯跟他交談，但他們亦只有「土地」（tu-wee）這字是相通的。當斯説他可能是也夷族最後一個生還者。也只有也夷族的眉是相連的。一九一一年美國步兵跟他們多次戰鬥之後把他們差不多全殺死了，只剩下五個仍在森林奔逃，他們的屍體亦相繼在河邊發現。他可能是他們輾轉許多代後成長的孩子。但他為甚麼會昏倒在白人的世界裏？這一年來森林署不斷派隊伍到奧維斯山脈勘察，是他因為要逃避他們而走錯了相反的方向嗎？他獨自在林中生活多久了？

祖開始問他的名字，他指指自己說「祖」，指指當斯說「當斯」，指指教授說「羅生柏」，指指我說「斌」，然後指指他，他看着祖然後把手放在頭上。他是明白的，但我知道他不會說出來，他們的名字是尊貴的，只有親近的人才可以用來呼喚他們。

「我們叫他以思吧。」教授說。

「以思」在印第安語中是「人」的意思，我們叫他「人」。我們讓他住在會客室裏。他一直蹲在沙發對面的牆角那兒，一動也不動的看着我們，沒有害怕也沒有憤怒，只是看來疲倦極了。我後來曉得，他是不懂憤怒的。我們試驗他的各種反應，把鬧鐘放在他的身旁，突然的聲音把他嚇得跳起來，他奇怪地看着這個呆立發聲的小盒子，輕輕拿起它放在胸膛上，彷彿懷抱啼哭的小兒，這時他是出奇地溫柔的。我們發現他反應很快，但沒有激烈的行動。我們請來了本校的人類學教授施懷則和人類博物館館長寧斯。他們拿來了各種儀器測驗他的視力、聽覺、心律、肌肉及其他各種功能。他們發覺他很馴服，對加在他身上的一切毫不掙扎，最後他們拿報紙拍拍他，把雜誌堆在他身上，用手拉揑他的頭髮，他也沒有作聲，只用雙手護着頭和臉，在手肘彎起的空隙中看着我們。最後鬧得緊了，他躲到書架和沙發那兒的空隙間，仍然蹲着，雙手交叉按着肩膊，手肘擱在膝蓋上，下顎抵着前臂。他沒有看我們，他垂下頭，留心地傾聽，像一隻摺合起來的小小的害怕的蛾。他沒有提出疑問，不會還擊，也不會憤怒，孤獨的人是不會憤怒的，憤怒需要對象和習慣。它是燃燒的火，從接觸中來。孤獨的世界潮濕陰暗而寒冷。它的本質是嶙峋的荒野，沒有形態的空虛。他行走在自然的規律下，沒有抗衡的能力。風雨來了他在山洞中躲避，給野獸傷害了他躲在石的陰影下等候痊癒。他獨自生活，四周只有簌簌的風聲，他跟石的倒影說話，隨着時間的起伏轉動。你會對季節憤怒嗎？他埋藏自己的言語，他多久沒有說話了？孤獨是沉重的獸，你背負他如背負自己的缺失。我熟悉它的氣味已有多久了？

食物：

我們把他攙進會客室，他跑到牆腳蹲下，抬起頭仔細看我們。他的唇焦裂，他一定很渴了。祖把手帕蘸溫暖的水替他擦臉，再拿一罐冰凍的可樂給他，替他打開放在地上。他伸手拿起罐子，碰到了立即縮回來按在胸膛上，讓身體溫暖冰冷的指頭。他朝罐口的洞看進去，然後用中指按着洞，再把罐子覆轉，看看裏面是甚麼。裏面的液體慢慢滲出來，他立刻把罐子放下，看着流到手背上的棕色液體裏的泡沫一個一個消失。他把手在羊皮袴上揩，然後把罐子遠遠推開。此後他只肯喝水。他喝大量的水。他把水盛在玻璃瓶裏喝。玻璃瓶本來是盛花的，放在書架上。他看見這室內唯一的植物，便跑過去伸手去抓彷彿在空中生長的花束。他碰到了透明的玻璃，不肯放手了。他仔細地看着它，用掌心隨着它的弧線轉動，聽它的聲音，他把臉貼近它，讓它旋過眼睛和前額，花朵在他的頭上散開像奇異的冠。最後他把瓶子提到嘴旁，羅教授連忙把它拿下來，扔掉花，給他洗乾淨，盛了清水讓他喝。他喝水的時候用雙手牢牢抓着瓶子，手指像一扇木的籬笆。他的手指很長，手心是白色的，柔軟如女子的手。他用掛小刀的繩子把瓶子繫在腰間，行走的時候它擦着羊皮的短袴有風的聲音。

我們讓他吃蛋糕和墨西哥豆。蛋糕很長，他用雙手捧着兩端像捧着玉米，一口一口專心地吃。他盤腿坐着，倚着牆，頭輕輕仰起。我這才明白，風度不是教養得來的。我站在他身旁，他蒼白柔軟如雨中的葉。我替他把豆弄熱。他很喜歡吃墨西哥豆，他用手指掐來吃，在碗裏從左到右刮一個半圓再放到口裏。濃的湯他用兩隻手指，稀的湯用三隻。他不碰刀叉，他不喜歡那種接觸，但喜歡調羹圓圓的形狀，他有時用調羹把麪包壓成半圓形的小丘，一個一個排在盤起的膝上，然後慢慢吃掉。他也喜歡熟雞蛋，他把殼剝開，把蛋黃掏出來吃，再把蛋白捏碎放進瓶子的水裏，是為了讓水有土地的味道嗎？他不喜歡火腿和煙肉，是因為它們紅色，而紅色的肉仍有生命不能吃的。

他被發現的消息一下子傳開去了，人們從老遠的地方跑來看他，偷偷拋給他一些糖果。人們從門旁一扇小窗的窗簾夾縫窺看他，他卻看不見他們，只是回頭會發現地上多了許多糖果包，他把它們拾起來放在腰間的玻璃瓶子裏，偶爾俯身看看它們的顏色。

他很喜歡吃水果，有時整天都在吃水果。他有時把雞蛋黃塞進香蕉裏一併吃，有時夾進桃子裏。桃核他把它們儲起來，用小刀刮乾淨，在上面雕刻，是要刻下失去的事物嗎？

海洋：

人類學家施懷則帶他去看海。要觀察他的反應。會客室本來也可以看到海。海上有點點白色的浪花，波浪退去時沙灘上會留下了一條淡黃的長長的線，浪湧起又再消散了。也可以聽見它的聲音，像一陣一陣撒下的沙。但他看了海卻沒有甚麼反應，不懼怕它也不受它迷惑。他看它像看着一幅必然的景象。他從來沒有看過海，它的形態曾存在於他的想像中嗎？施懷則拉着他的手踏進海裏，他腳下的沙在波浪中移動，他給波浪沖倒在沙灘上，他茫然看着退去的海，神情像一個小小的孩童。然後他站起來，他看到腳旁有一隻很小的螃蟹從一個圓洞裏爬出來，他彎身把它拾起，看着它在空中扒撥的爪子。他把它放在肩膊上讓它從手臂爬回洞裏。他對海邊的生物比對海更有興趣。施懷則有點失望。他以為迷惑了那麼多人的海也會迷惑到他。

施懷則駕車把他帶到市中心看高聳的大廈，但他對現代文明也沒有特別的驚歎。一切發生在周圍的東西都是理所當然的，如果石塊可以生火花，汽車當然可以行走。但他卻喜歡燈，每當我按下按鈕，他會肅穆地看着，屏着氣等待燈赫然亮起來，讓時間延長，一切繼續發生。他不喜歡電視、照片、幻燈畫片，一切沒有形體的東西。他喜歡飛機，因為接近天空，不喜歡高大的樓宇，因為笨重沒法攀爬。他喜歡門鈕、書衣、杯耳、椅背、袖子。他會在門旁耽一整天，握着門鈕，把門關了又開，讓風吹開垂到眼前的頭髮。

施懷則完全失望了，他期望他會震懾於現代文明，他卻漠視周圍的變化，喜歡細碎的事物，沉於過往的情態而不願超拔。他仍然赤裸上身，依舊用手吃東西，彎身默默坐在地上。施懷則拿出一本傳記給他看，傳記是關於一個印第安人，他在一九一一年在亞里桑拿州被發現，現在在民族博物館負責搜集印第安各民族的資料，並協助管理亞里桑拿保護區的印第安人。封面上有他的照片，他穿了西裝吸着煙斗，臉上有一個殭硬的微笑。以思把書推開，把手放在頭上，他知道他不再是相近人。他整個身體伏在地上。

言語：

我是怎樣和他親近呢？起初我們都是沉默的。我給他端來吃的東西，帶他到外面梳洗的地方。遇到人的時候他緊緊抓着我的手。他的手很溫暖，比常人的溫度高很多，而那時已是初秋了，他的溫暖傳到我的身體裏。我回頭看他，他的臉柔和得不像印第安人，雖然仍帶着強烈的太陽的痕跡。他按着我的肩膊走路，我們是兩個多麼相異的男子，同樣對世界害怕，但又是基於多麼不同的理由。他是因為文明的隔閡和長久的孤獨。而我是文化的相異，來了這許久總仍感到格格不入，他們是堅固的牆壁把我們擋在外面。我們是相同的異鄉人。我們這時還沒有交談，只不過他彷彿曉得了我與其他人的分別。

我們第一次談話是在一個清涼的黃昏，夕陽把房子塗上一層虛幻的紅色，天空變得很低。我剛上完課來到會客室，我把書袋放在沙發上，書本和筆記本子從寬闊的口袋裏掉出來。他看見裏面一張深海魚類的圖片，跑過來輕輕拾起。

「Ilobo?」

我點點頭，那是一條深海的鼠尾魚，我給它繪上了顏色。我拿另一幅說：

「batfish。」

他微微笑了，這是我第一次看見他笑，他笑的時候鼻兩旁有淺淺的皺紋像一個小小的孩童。我把我所有畫過的魚都給他看，模仿他們的動作，巴里魚游得很快，牙齒很尖，會吃人的；石魚一動也不動的蹲在海底，像一塊古怪的石頭，身上卻有劇毒。雌的魚身體很柔軟，像一個洩氣的氣球，身上附着幾條小小的雄魚。我一直在扮魚，直至天全黑了，風帶着夕陽的餘溫從海上吹過來。我從袋子裏拿出一個中午吃剩的包子跟他分吃，那是一隻綠豆餡的包子，我在餡裏混了幾片菊花瓣，所以吃來有季節的芳香。他很專心的吃，把包子一片片撕下來放進口裏，他不咀嚼，當包子在嘴裏軟了他便吞下去。他一動也不動，臉頰微微鼓起，好像有嚴肅的話對我說。

我離開的時候已經午夜了。

這一夜我沒有睡。我把所有夾着資料和筆記的紙文件夾拿出來剪成小小的紙片，用顏色在上面畫上種種不同的圖畫：火燄、頭髮、太陽、手、樹、郊狼、土地、空氣、眼睛、水、落葉、悲哀、嬰兒、星星、哭泣、禿鷹、父親、尊嚴、愛、死亡、鼴鼠、美麗、哀號、月亮、擁抱、孤獨、害怕、魚、海洋、木蝶、網、禿枝、中國、印第安、書、逃避、綠豆包、鳥蛋、氣味、石塊、門鈕、牛奶、笛、名字、懷念、牛、電視、窗子、叢林、微笑等等。第二天清早，我帶着圖片找他，想告訴他我一生的故事。

我跑進會客室的時候他卻不在裏面，然後我看見他從走廊的另一端朝我走過來。這時太陽剛從背後升起，給他淩亂的頭髮添上一個浮動的柔和的光環，他瀏亮的肌膚上閃着淡淡的金色，看來像一個美麗的幻象而不像行走的人。他走到我跟前用臂環繞我的臉，他身上有淡淡的樹液的清香。我們並排坐在從大門射進來的陽光中，我們的影子遠遠攀出窗外，它們比我們更沒有恐懼。我們由於害怕而離開原來的居所，他是畏懼文明的侵襲，我是害怕永恆的變動，然而我們都在新的處境裏感覺不安，我們為甚麼不回去？

我取出圖片給他，他仔細的看着，然後我取出「氣味」和「樹」，告訴他身上有樹的氣味。他開懷地笑起來，然後又輕輕的蹙着眉。

「叢林．懷念。」

他把圖片放到我面前。我拍拍他的肩膊。他垂下頭，他的睫毛很長，陽光在他臉上投下了稀薄的陰影。我把手的影子變成一頭鷹，飛到他肩膊上啄他的頭髮，他的手卻變成一塊濃密的雲，追着把我吞掉。我把「名字」的圖片放在地上，再指指他。

他認真地看着我看了好久，好像是打算要把珍貴的禮物送給我。他緩緩選了「風」和「鳥」。

我慎重地看着，牢牢記住了。我站起來模仿鳥飛的樣子，給風追趕，撲倒在山上，再旋回來，舒緩地橫過灰茫的天空。

他按按地上「名字」的圖片，然後拍拍我的胸膛。

「溫暖的太陽。」。

這是我自己改的名字，是開始感覺外界事物的時候改的，但我常常感到寒冷。到底是我因為這樣才改光明的名字，還是我從前不是這樣子的？

他示意我唸我的名字一遍，我唸了，他按着心胸，彷彿已經默默放進裏面。他找出「雨」的圖片蓋在「太陽」上，我把「太陽」偷出來，踏在椅子上，把它擱在牆上的掛鐘頂。

「你」、「這裏」？我問他怎麼來到這裏。

「山」、「大聲音」、「害怕」、「跑」、「許多太陽」、「渴」。

他小心地把圖片排出一個次序。圖片不夠，他用手勢補充。我想是勘察隊把他嚇跑的。他跑了那麼多天，最後來到模擬的水池旁一定是為了喝水，相信還未喝便昏倒了。

我把「自己」的圖片放在地上，問他是否獨自生活。

他盤腿坐着，雙手舉起，手掌相對，向天空唱一支哀悼的歌。他慢慢把圖片選出來，一張一張排好，他排好一張，我急切地等待下一張，有時猜到他的意思，便替他選。圖片一張一張終於排成一個故事：他的父親在他開始有記憶的時候給殺死了，母親、妹妹、和祖父在八度落葉以前突然去世。他在一個紅色洞穴裏獨自住下來，在了無人跡的荒野裏生活。他燃亮木枝把頭髮燒短，紀念消逝的人。每想起他們，他唱哀悼的歌，讓歌聲載着他們，飄離傷害的手。

他凝視着圖片，看了許久，然後把它們推開，向後躺在地上，閉上眼睛。一會兒以後，他慢慢起來，把「快樂」的圖片放在我前面。睜大眼睛等我回答。

我快樂嗎？快樂於我是個奇怪的字語，我不明白它的含義。我在這裏幹甚麼？這國度與我互不相關，我不想回去又是害怕失去甚麼呢？這裏有最好的設備。羅生柏是溫厚仁慈的人，祖也誠懇，我不能跟他們相處會不會是自己的緣故呢？那麼我到那裏去不是一樣的麼？

我抬頭看着他溫和的臉。我與他相近而相異，我們都棲息在偶然的土地上，但他仍在找尋安全的居處，而我處處感覺不安又無力離去。我把手放在頭上，這是他們說「不」的意思。他用手攀着我的頸子良久注視着我，然後擁着我的肩膊用額擦我的臉，我感到他的溫暖瀰漫我的全身，像一朵花慢慢生長。我們是兩個同族的人，我們在一個秋日早晨開啟。我們周圍是重重的畫片。在太陽下它們發出淡淡的太陽的亮光。畫裏的動植物、山群、快樂和憂愁層層環繞着我們像古老的城堡，守護我們度過悠長的一生。

他是我唯一的朋友。

土地：

我把父親的衣褲給他穿。衣服本來是遺給我的，但太大了，我瘦小的身體完全給寬闊的袍褶掩沒了。這是一套中式的衣服，淡土的顏色，布很軟，他穿了更不像印第安人了，但他臉上仍是棕紅的太陽的色澤。

晚上我們走到三哩外的山裏，中午他拿「憂愁」的圖片給我看，指着遙遠的山。晚上我把他帶到這裏來，他脫下了寬闊的衣服，繞着一棵榆樹跳舞，他抱了滿懷的葉子，一面跳一面向空中散去，枯葉飄滿了他的頭髮，像棕色的冠冕，他口裏唱着：

Olluja
Kabawe
Zadochi

每句話他重複三遍，最後一遍他拉得很長，聲音很低，頭高高仰起，像呼號的郊狼。一天晚上我們聽到外面郊狼的叫聲，他把圖片一張張找出來給我看，告訴我郊狼的親人變了星星到天上去了，不肯見牠，牠每天靜夜裏仰首向天空嘯叫，呼喚牠們下來。所以他的聲音裏亦有孤獨的哀傷。呼嘯一趟之後，他重重踏在地上，雙腿張開，膝蓋彎曲，左右踏三遍，然後轉身，向前踏三遍。他唱了好久。聲音穿過搖盪的風飄散在沉默的星空裏，最後他整個撲倒在地上，他的臉陷進潮濕的泥土裏。泥土發出強烈的豆子的香氣。我走過去蹲在他身旁，拍拍他的背，他的身體在清冷的空氣裏仍是熱的。

他躺了好久，然後慢慢站起來，他把臉上的土壤輕輕抹去，黝黑的泥粒在他臉上蓋了一層薄膜，彷彿祭祠的面具，給他添上了沉重的神色。他把小刀從羊皮鞘中拿出來，走到不遠的岩壁前。岩壁原是小山的裂痕，裂痕下面的石塊因為風雨和太陽碎成細小的形狀滾下山腳，山壁留下一塊很長的、筆直平滑的岩面，不太堅硬。他踏在碎石堆上開始在壁上雕刻。他專心地鑿，先刻外形，再刮平內壁做身體的輪廓。他鑿了許久，四周寂靜，只有他腳下碎石偶然滾落的聲音。在微弱的月色下，我看到石上刻了許多重疊的人形，像真人般大小。他們的手張開像沉重的翅膀。下面有小小的圓形的獸。它們一直伸展至岩壁終止的陰影裏。它們是甚麼意思？

月漸漸浸入霧裏，周圍是沉重的漆黑的夜，他再看不見壁上的線條。他把刀子放進鞘內，在岩石堆上蹲下來。我走近他的身旁守候着他，一直等到黑夜過去，天慢慢地亮了。

我們慢慢站起來，淡紅的曙光射曬在岩壁的人形上，照亮了一個初生的世界。他們在給風揚起的塵埃中彷彿會動。他慢慢行走，沒有做聲也沒有看我。我拾起衣服披在他身上，但他走了不遠它們又掉在地上，我把它們拾起圍住他脖子，讓他的手按着我的肩膊走。

我們走了許久才回到研究所。施懷則已經在了，他帶來了儀器和助手要記錄他的語言。但他一進去便跑到沙發和書架之間的空隙蹲下，沒有動也沒有甚麼表示。施懷則跑到他身旁拿儀器給他看，一面指着他的嘴巴，示意他說話。但他沒有看施懷則，他的眼睛一直瞪着地面。他的手環抱雙膝，下顎擱在膝蓋上，他在思想甚麼？

他一直蹲在地上，在書架和沙發之間，也沒吃東西，他身上漸漸長了白色的斑點，青苔一樣佈滿他全身，他發出強烈的木的香氣。然後他的外皮開始脫落。他們抓住他的臂搖他，希望他清醒過來，但他的外皮在他們手中剝脫下來，地上滿是小小的透明的碎屑。他像斑駁的樹，沉默而尊嚴，他的臉頰深陷，眼睛裏有隱約的光。羅生柏說那是憶念的斑漬，忘卻以後便會消失。

但越來越多人來看他，這最後的原始人。民族學者希望知道也夷族祭祠的儀式，他們帶了三色鼓在他跟前敲打，一個何比族的漂亮女孩子在他跟前跳舞。但他仍然看不見，他們拿東西給他吃，要記錄他的神態，他碰也沒有碰。房間越來越擠迫，他們把書架、沙發、小几及房裏一切東西搬出外面，好讓有更多空間跟他接觸。不同的研究者帶來了不同部族的印第安人，用不同的言語跟他說話，希望引起他的反應。他們敲打各樣的樂器，唱不同的歌。他們要知道他部族的語言中，男女的說話有沒有分別，女子會不會像伊同族一般把每個字的尾音去掉。他的族裏有沒有神話、象徵、圖騰、和社會階級。他們帶來了各種奇怪的儀器、分音器、心電儀、光儀，地上拉滿了黑色的粗大的電線。生物學家亦來研究他的骨骼與結構，看他在人類進化中佔的位置。但他仍然一動也不動的坐着，對一切沉默，深深陷入自己的思想中。研究的人終於放棄了，攝影機裏的同是一樣的姿態，他們把他移到角落裏，開始在房間裏談話。有人吹起笛子，女孩子開始在房中跳舞。然後他們離開了，留下一間空洞洞甚麼也沒有的房間。

研究所的人漸漸思量把他送往別處去，一個不說話的長白斑的印第安人留在一所先進的海洋研究所幹甚麼？況且他引起的騷動也太大了。

施懷則開始搖電話給附近的印第安保護區，要找他們收容，準備以後再研究他。但每區由不同的印第安部族管理，他們不會收容異族的人。

「讓我照顧他可以嗎？」我說。

「不，這不是私人的事。」施懷則說：「你——」這時候我們聽見門外有沉重的步聲，門慢慢開啟，我們背後的光照亮了他寬濶的胸膛。他的外皮重新長出來了，光潔明亮如初長的兒童，他慢慢走過來按着我的脖子說：

「Kala。」

他要走了，他把我的臉擁入懷裏，過了一會他慢慢轉向大門走去。他比我們都高，步伐優雅，臉上有一種閒適俊逸的神情，彷彿一切再無關係。他緩緩推開大門。施懷則衝出去想把他抓住。

「你不能走，我們有地方收留你。」

羅生柏把施懷則按住。

「讓他去吧！」

「不要走啊！」施懷則大嚷，工作人員開始從外面向這邊跑過來向他追去。以思這時已經步出大門。

他莊嚴地向前走，如一座移動的山。

「跑啊！」我向他叫。

他回頭望我，停了一會然後朝北面的山跑起來，他比他們都快，遠遠超越了追趕的人，他仍然披着我的衣服，衣服的袖子在他背後輕輕地拍動。

他在奔向一個熟悉又未知的世界。我也有這樣的勇氣嗎？

編者按：據本刊記者從羅生柏教授處獲悉，作者在印第安人逃跑的翌日亦失蹤了。他甚麼都沒有帶，書籍衣服都留在宿舍。不知他是突然決定回家，還是隨着他唯一的朋友消失於荒野？除了筆記本文以外，還有零碎不成篇的英文打字稿，是以思言語行動的分析，專門術語討論頗多，謹從略。

一九八五年

信

文：

我第一次看見他是在電視臺頂樓樓梯臨街的小窗子旁。窗子很高，他要微微抬高頭才可以看見屋宇上方的天空。我正拿着譯稿跑上頂樓的放映間。這裏的電梯只到四樓。上五樓要走兩段寬闊的樓梯，樓梯很高，像植物公園的石階。我初來時常常到這裏來，早上十時至十一時半總沒有人，我坐在樓梯最高那一級，看着窗外的車輛和灰色的街道。過十二點會有小販推食物車過來。你知道嗎，這裏沉默溫暖的面貌曾多次平伏我委曲的心。我常常覺得這裏甚麼事情都會發生，我亦會在這裏碰到和我一樣疲乏孤獨的人。但人們都有喧嘩愉快的世界。午後年輕的初級秘書小姐會坐在防煙門旁的梯級上吃零食，互相碰撞，有時包裹零食的玻璃紙會從欄杆的空隙飄到下面梯級那兒，像個扁平的泡沫。有時人們也在這裏吵架，我見過一個女孩子把男孩子的眼鏡抓過來擲在地下。但這裏八點半以前一向沒有人，所以我跑上樓梯抬頭看到他時不禁有點驚愕。他個子瘦小，像阿知，你記得阿知嗎？穿了一件寬闊的灰西裝，袖子蓋過了手臂，領帶很闊，黃綠色，他聽到我的步聲慢慢轉過來，端詳了我好一會，然後向我微微鞠一個躬。文，他真的向我鞠躬。他的頭髮全部向後梳，臉看來更蒼白，他的眉毛很淡，在這昏暗的梯間，看來像一幀黑白照片。他大約只有三十多歲，但因為緩慢的動作和微聳的背，看來是有點老邁了。我點點頭，他再看了我一會便繼續凝視着窗外明亮的天空。

那天我來得早了。辦公室沒有人。你知道關閉了一晚的空洞的辦公室像甚麼？它像一頭潛伏的巨獸，看着外面從世界伸出來的路。我把譯稿放在秘書的桌上便走進放映間坐下。放映間很小，除了錄影機和一張椅子便甚麼也沒有，我伸出兩手可以碰到兩旁的牆和隔板，隔板之後是另一個放映間，這兩個小小的房間便像守衛一樣橫在入口的通道那兒。我把剛才在詢問處拿到的錄影帶放進機內，平常是秘書小姐給我的，只是今天我提早來。小銀幕上是美國一家小酒館舉辦的比賽，參加者扮演酒館的保鏢把醉漢舉起摔到門外一塊軟墊上，摔得最遠的便得勝。扮演醉漢的都要有同樣的體重，入選的排在酒巴末端等候保鏢把他們揪出來，保鏢扮出兇神惡煞的樣子，觀眾便格格地笑了。他們高興地隨着每一個動作歡呼。但文，這又有甚麼可以值得如此歡呼的呢？第二個遊戲是比賽越過酒巴的重重障礙跑到外面去。參賽者可以不擇手段，甚至毀壞橫在他前面的種種雜物。最後勝利的是T先生，他揮拳擊碎了所有礙着他的桌椅木箱。主持人問他成功的因素何在，他說了一段很長的話，大意是他童年住在哈林區，很窮，到處給人欺負，他發誓要成功、成功、成功。但是，文，這是三四年前的舊片，今日T先生不是已經成功了嗎？他不是已經在一個受歡迎的片集裏演了多年而列根也要跟他見面嗎？文，我為甚麼要為了生活而強迫自己翻譯這些過時、瑣碎、絕無意義的東西？

但文，片集也好不了多少啊。昨天我譯《昆西醫生》，說兩個護士在越戰做救護的工作，因為看了太多死亡，以至戰後許多年心理上仍然不平衡，她們每晚在酒館流連，結識陌生的男子以忘記過去。後來其中一個被殺了，留下的一個因為害怕而變得歇斯底里。昆西醫生便來醫治她以及其他從越戰歸來的退伍軍人。昆西醫生最後激烈地說：「你們應該感到驕傲而不是內疚，你們為了美國的尊嚴和世界的和平冒着性命危險剿滅敵人，我要感謝你們，美國要感謝你們，全世界都要感謝你們。」他們聽後立刻全都痊癒了。護士小姐快樂地跟昆西約會。文，我多麼憎恨自己。

十二月十四日

文：

我最近常常想，為甚麼一直沒收到你的回信。也許你工作太忙了。但我有時想，也許是因為我兩月前那封信裏提到妻的事。我們把隱私向好友揭露，會不會反而令他們尷尬難言？也許我不應該把自己的煩惱加諸你身上，以後在信裏我只跟你談生活和工作的瑣事好了。

十二月二十四日

文：

為甚麼我還要故作輕鬆，若無其事，盡是說着一些不相干的話？為甚麼我要欺騙自己，相信事情不讓言語固定便不會成為事實，仍然可以改變？但現在一切又如何可以改變？妻的事我並不感到憤怒，只是感到不安。現在她日漸消瘦而我能夠做甚麼？強烈的感情噬蝕了她，甚至空氣中也充滿憂傷。她辭去中心的工作在家裏等候，夜半醒來站在窗前。那邊沒有消息。起初是他要開畫展工作忙，然後是巴黎郵務罷工。在這些焦躁艱辛的日子裏，她沒有哭，之前在她疑慮迷糊的時候也沒有哭。她只是穿着單衣，把頭髮在後面綰起，每天兩次到樓下看信。其他時候她坐在桌子前看着角架上米白色現已有點骯髒的電話。晚上她無休止的走動，彷彿在夢中暗地摸索，她踩出輕輕的步聲重重打在我心上。

她很少說話，她在寂靜中找尋依托。有時她會焚燒過去的詩稿，看着黑色的灰燼吞噬了火燄。有時她會降低聲音，輕輕問我：「他愛我嗎？」好像要用聲音遷就那搖動的希望。文，我看着她蒼白柔弱的臉，除了說「愛」之外，還能說甚麼？

十二月二十八日

文：

我撫着前額，彷彿感到記憶引起來的強烈的懊悔。但我做了甚麼呢？今早八時開始我已經坐在放映間了。文，我如何能夠忍受在家裏看見她飄浮？螢光幕上有許多動物在奔跑。有時我比較幸運。他們讓我譯科學紀錄片。但科學也同樣有意識形態的問題。「第三世界的愚昧無知使他們對前進的科技卻步」，我會改成「第三世界的貧苦災難，令他們未必適合採用英美的種種科技」。但他們錄音對口形時會發覺譯稿有改動。配音組主任會來敲放映間的門跟我說話。今天下午三時主任來敲門，但沒有跟我談話，只是把他帶來，說他是配音組的，有問題要問我，說完便離開了。他仍穿着寬闊的灰西裝，打着寬闊的黃綠色領帶，像熟雞蛋的蛋黃外緣。他雙手垂在炭灰色的褲子旁，褲子上有細細的白色毛頭，襯衣也很皺，但都很乾淨。他向我微微鞠了一個躬說：

「打擾了，我有幾個問題要想請教先生，不曉得方便不方便。」

他說普通話有一點福建口音，那麼他不是配外國片集而是配香港片集賣到外地的了。他不像臺灣來的，他比較樸素。他的溫和也使他看來不像一般住在香港的大陸人。他的聲音很輕，很高，像晚上的鳥聲，他說話的時候不看我的眼睛，他看着我的襯衣，好久才看我的臉一眼。我說：「方便」，他便把手裏拿着的《沼澤動物》的紀錄片譯稿翻開慢慢遞過來說：

「先生，鸛鳥的英文名是甚麼？」

稿是我前天譯的，已經配音，為甚麼會在他那兒？

「Ibis。」我說。

他從褲子的後袋拿了一疊大小不一，各種顏色的印着字的卡片，選了一張背後空白的遞給我，請我把那名字寫下來。我接過去。那是合昇冷氣修理的廣告卡片，上面寫着「安裝修理，清洗保養，舊機買賣」。我把 Ibis 寫在卡紙上面，也順他的要求把寄居或路經沼澤的鴴類、鴨類、磯鷸類的雀鳥及其他動植物的中英文名字分別寫在卡紙上。他拿着卡紙很小心地一張一張看，一面問我它們的讀音，一面把奇怪的符號寫在上面，然後把它們莊重地疊好。這些合誠電器、勵隆地產、新生玻璃、彩虹天線、聲寶水電工程、生記水喉的廣告卡片，現在變成可以幫助他尋求改變的一種力量了。

他珍重地把卡紙放進後袋，然後向我鞠一個躬說：

「謝謝你，先生。」

我向他點頭笑笑，說：「不謝」，便轉過去繼續我的工作。我把錄影帶從頭看一次。我看了三小時，每次到錄影帶結束之前的爆炸聲及警車聲我才發覺影片已經過了許久。我深深吸一口氣。準備了紙和筆，忽然聽見背後有綷縩的聲音。我回頭看卻發現他仍在背後。他抱着手，左肩抵着隔板，看見我回頭便垂手站好，向我輕輕鞠躬。他微微張開嘴好像想說點甚麼。我耐性地看着他。

終於他抬起頭說：

「打擾了，聽說先生是從美國回來的？」

「是。」

「先生，那邊是不是每人都喝可口可樂？」

這樣一天又過去了。

一月十二日

文：

罷工停了，但他仍然沒有信。我應該覺得高興嗎？不，我更擔憂了。妻甚至停止到下面等待。過多的落空令她不再行動。她整天坐在露臺前的搖椅上，一動也不動，也不在思想。有時她輕輕搖着。我曉得她心內有一個悲慟的世界，隨着某種輕微的暗示裂開。最初的時候，她會向我說出她對他的愛，她對他的愛的懷疑，以及她對自己的愛的懷疑。文，我覺得那時她是極端需要我的。但現在，她已經沒有甚麼可以告訴我了。一切都歸於靜止，而我對沛的憎恨也更深了。文，我一開始已經看出他的虛假。他的一切都是借來的，他最誇耀的一組畫「物/非物」的意念是來自達達主義的「椅子/非椅子」。他又極度自戀，他拿他十九歲的一張書法鋪在地上給我們解說。文，那是少年時代的習作呀！他好辯而自我中心。他對我說的每句話都提相反的意見。他搶掉我要放進咖啡裏的糖，侃侃而談食物和營養均衡的問題。但那是多麼平庸的理論！從討論電影說到人生態度時，他諷刺我是婦人之仁，他說我是老掉大牙的人道主義者，跟他這個非人道主義者到頭來是相同的，因為我表面關心別人，卻沒有能力或時間真正照顧他們。文啊，我是這樣的人嗎？我不是這樣的人啊。我多麼憎恨他，妻會相信他嗎？但她那時是多麼溫柔地看着他，他站在鏡子前侃侃而談，不時在胸前擦手，他的臉在燈光下發出汗光。是那時妻被他的狡黠、他言語上的狂暴懾服？還是之前當他領我們到拉丁區，站在路旁隨着街頭藝人的歌舞扭動身體，然後突然拉住妻叫她看希臘店前豎起的圓型烤肉和含着花朵的小豬時，被他生活的趣味和突然的溫柔感染？我只知道自此之後，一切都不同了。我開始聽到他們在我背後發出聲音，在廚房門外，在我剛巧看不見的角落。我從房內看見他們在冷峭空闊的走廊上投下親近的影子。文，我感到我被妻的快樂重重擊倒。

一月二十日

文：

我一直收不到你的來信。你是不是覺得我過份傷感和自憐呢？你是不是在用你的沉默逼我反省，調整我的態度？但我應該怎樣做？愛是不是令我變得小氣自私呢？我對他的憎恨是不是有點過份，這是不是亦顯示了我本身的問題？

一月二十八日

文：

他的存在沉重地壓在我的身上，像濕衣服，像瀝青，像一種無法着手治癒的病。我在放映間工作的時候，他很多時會走進來。他沒有敲門，也沒有做聲，可能他害怕打擾我，他扭開門便進來了。他的動作那麼輕，初時我偶然回頭看見他，着實吃了一驚。但他來並不是要問我甚麼，也不是跟我談話。他甚至沒有看我。他站在我背後兩尺左右的地方，在我的椅子和門的中間，抱着手臂靠在牆邊，好像斜靠在一片空白上。有時他會吃糖果。有時秘書小姐進來拿錄影帶給我，打開的門會把他推向牆邊，他稍稍挪動一下，移到門後的空隙，待門關後又回復原來的模樣。我覺得他像水族箱裏的一頭蠑螈，在黯淡的白光中靜默不動，偶然伸出一隻手，過一會又立刻縮回去。他的眼睛在寂靜中搜索，帶着無盡的沉思，思想過去的歲月，孤寂的煩擾。他是完全孤獨的吧。他甚至不懂跟人談話。有天他忽然說：

「你一定看了很多書。」

「不，沒有。」

「你一定看了很多書，我曉得。」

然後他又把自己關閉了。我無法跟他說下去。我曾多次跟他說我工作忙，但他仍然有空便在我的背後站着。有時我故意晚點來，卻又看見他站在樓梯的窗旁等我，文，我不是對他沒有同情，我曉得他獨自生活在這複雜的城市。配音的工作令他沒有辦法表達自己。他需要一個朋友在角色以外認識他。但我也是同樣的脆弱。他的沉默與他的聲音同樣騷擾我。我害怕別人站在我背後，尤其是在這不安的時刻。文，我多麼害怕受到傷害。

「不阻你的工作，先生。」他溫和地說，「不阻你的工作。」說完他向我輕輕鞠了一個躬。

我發覺他向每一個人鞠躬，稱他們「先生」。碰見外國人或漂亮的女孩子他會讓他們先進電梯。文，我慢慢有點討厭他了。

現在他可以提起勇氣看着我的眼睛。昨天他來到放映間，這次是在我身旁而不是在後面站着，牢牢注視着我，從無法丈量的深處，彷彿準備把他心裏隱藏已久的東西告訴我。我慌忙抓起桌上一本書塞給他說：「送給你的。」然後跑到門旁冷氣機前調整溫度的按鈕。文，我這樣做是不是有點殘忍？但我已經快要崩潰了，為甚麼還要負責一個古怪愁慘的陌生男子？

二月十日

文：

可怕的事情發生了，妻開始再到中心上班。表面上好像一切都回復正常。她盡心打掃家裏，不停揩抹已經擦乾淨的窗臺、沙發扶手、書櫃、桌子，一切坦露在空氣中的東西。有一天她把古老的銅盆、銅鍋等器皿拿出來一件一件擦亮。在廚房寒白的照明下，它們發出滿佈芒刺的金色亮光，但妻的臉卻明顯地憔悴了。每夜她因為白天的工作而渾身燠熱不能入睡。當黎明來臨，寒風吹熄了身體的火燄，她卻深深地顫抖了，我曉得有一件重大無比的事，會隨着累積的零星的暗示發生。

二月十九日

文：

他再沒有來找我了。可能是我傷了他的心。那天我從外面拿着一杯熱茶推門進放映間，從隔板反彈的門在我的後面碰着手肘把茶弄翻了。那時他剛好站在我身前，水便濺到他身上去。我看見他衣服上的茶漬不大，對他笑笑說聲對不起便坐下繼續工作。過了好久，我忽然聽到後面有沉重的呼吸聲。我回頭過去，卻發現他在哭，手背紅了一大塊。他正用衣袖擦眼睛，看見我回頭便說：「你們都看不起我。」說完便轉身拉門離開了。之後他再沒有找我。

三月一日

文：

在這冬天和春天不安定的間隙裏，冷峭的風撩撥着人間的種種，妻終於伏在床上哭了。她哭了很久，哭得很兇，然後把頭埋在枕下睡去。今天，她對我說下星期六到巴黎去。

三月十六日

文：

我想了很久，今天我終於悄悄買了一張到巴黎的機票。文，我這樣做是不是很橫蠻？我是不是剝奪了妻去愛的機會？但我知道她這次去了再不會回來，我永遠不會再見到她。如果我去，我會在她痛苦失望的時刻安慰她，保護她。可能她心裏真正愛的其實是我。

三月十八日

文：

我四處找尋他。我心裏內疚。他現在在這都市的某一個房間裏躺着，感到羞愧和驚悸。文，如果我對他好一點，如果那天他離去後，我去找他好好談談，事情可能不會鬧成這樣。那次以後，我發覺他突然變得過份活潑，常常逗人說話。他讚美別人的衣飾，告訴他們那裏的椅子是他幫忙搬過去的。但他不懂這裏社交的習慣，他顯得過份熱情以致其他人都有點嫌他。昨天在電梯前面我看見他逗一個舞蹈組的女孩說話。我知道他喜歡她。有她在的場合他變得閃縮不安，不自覺地發出過多的聲音。他會把鞋子用力在地上擦，彷彿要抹去一道尷尬的記號，或是用筆敲響皮帶的扣子。昨天他把他的卡紙拿出來，卡紙上面都畫了畫。他用顏色鉛筆把想像的鳥獸畫下來。他喜歡鳥，畫得也最漂亮。他看着字的形狀思想，創造新的形態。於是鸚鳥頭頂有一雙大眼睛，看着前面延展多里的河灘；鴉鳥的腿修長結實，把它帶到了星空；鴿鳥張開腿跑得很快，卻又時時回頭顧盼；磯鶇憤怒如一堆藍色的碎石。而它們都充滿了美麗明亮的顏色。它們佔去了整張卡紙，中央的中英文字母都成了它們身體的一部份，變成眼睛、疤痕、舌頭或者四肢。他很小心地從裏面選了一張，莊嚴地遞給那個女子：「送給你」。她接過看了一眼：

「啊，看圖識字。」

然後她翻到後面。

「嗤！廣告卡片也可以送人！」她把卡片隨手扔向廢紙箱便進了電梯，卡片掉到地面，電梯門一下子關上我才發覺自己也給留在外面，他怔怔看着被丟棄的畫片，他低下頭不敢看周圍的人，默默扯高垂到手背的西裝袖子，走過去把它拾起，他用手帕揩乾淨，再把它和其他卡片放進後袋。他低低垂着頭離開大堂走向通往樓梯的門。文，我感到有點不安，如果我不是過份沉溺在自己的憂傷裏，覺得自己有天下最大的愁苦而無視周圍的人的需要，他也不致於那麼急於投向世界尋求友情的補償，亦不會輕率坦露自己的心，這次的災禍更不會發生了。

今早在五樓我遠遠看見他，但我沒有跟他打招呼。我躲在一旁待他走過才遙遙走在後面。我低下頭，怕他回頭知道我已經看見他。他拿着畫了圖畫的廣告卡片專注地思索。那是他唯一的依傍了吧。他推開防煙門走下樓梯。他走得很慢，一隻腳垂在半空好久才踏到下面的梯階。他的身體隨着步伐輕輕搖晃，手緩慢地掠過扶手下面的欄杆。但在轉角之後不久，他突然停住了。我在他上一段樓梯的頂端，看到下面他的眼睛緊緊盯着四樓的門。我悄悄跑到欄杆旁俯下身去，我看到那舞蹈組的女孩從微開的門露出半個身體跟門內的兩個男子笑鬧。他們拉着她的臂，其中一個抱着她的腰要把她扯進去。她一邊笑着罵，一邊騰出一隻手抓緊門邊的牆，然後狠狠向其中一個男子的腿踢過去。那男子吃痛鬆了手蹲在地上，她便嘩笑着飛快跑上樓梯。他站在樓梯上呆呆地看着她衝上來，一動也不動。為甚麼他不挪開一點讓她過去？他要抓着機會跟她談話，還是希望接觸這他永不可能接觸的身體？但那女子在離他兩級梯階時突然抬起頭，她驀地看到他僵硬地站在面前，大大嚇了一驚，尖叫起來，向後跌了一步。他急忙趕前扶着她。但那兩個男子聽到叫聲，這時立刻推開門衝上樓梯來。他們看見他握着她手臂，便猛地把他揪開來壓在牆邊叫道：

「你想做甚麼？」

「我沒做甚麼。」他的手臂癱瘓地垂在兩邊，一隻手仍緊緊握着他的一疊卡片。

「沒甚麼？你看！」

她寬闊的領口滑下了，露出一邊的肩膊。

「我沒做甚麼。她摔下去。」他怯弱地說。

「還撒謊！」他們更憤怒地把他的頭砸在牆上。「你才摔下去！」

我剛要下去對他們說他沒撒謊，他們已經揪着他的衣襟把他摔下樓梯了。

我驚恐地看着他向後踏空兩步砸在堅硬的扶手上再俯身倒下去。他手裏的卡片鳥一般飛揚開來沉沉落在灰暗的梯階上。我慌忙衝下樓梯，把他扶起來倚着牆坐着。他的左額角和鼻子涔涔滴着血，流到他敞開的胸膛上。他恐懼地望着前面，不住到處尋找他的手帕，一面固執地揩拭着額角，彷彿要制止它流血似的。我拿手帕按着他的傷口，說：

「你怎麼樣？程若，我們到錄音室。」

我剛說出來便後悔了。

「啊，原來是配音組的，程若，我認識你的主任，我會把事情告訴他要他革你的職，你看吧。」較高的一個男子說。

在這一刻以前，他們針對的是一張無名的臉，發生甚麼事都不會對他有多大影響。現在他們知道他的名字，他變成一個人，一個有過去、現在、將來，和周圍產生關係的人。由於我的大意，我令他暴露在更大的傷害之中了。我看到他憂慮地目送他們走上五樓。文，我知道他除了感到羞恥和恐懼之外，現在是更覺茫茫無依了。我扶着他小心穿過地上紛亂的鳥的卡片去洗擦傷口。他的鼻血已經停了。額角仍有血滲出來。我脫下他的襯衣撕下袖子叫他用力按着傷口，然後把手帕浸進水裏再揩抹他臉上身上的血跡。他很瘦，像一個衰弱的老人，他的胸膛上可以看見突出的骨骼的形狀。我脫下襯衣放在洗手盆邊緣，小心不讓血水沾污它，再脫下汗衫給他穿上。我領他走出大門。今天是星期六上午。公司裏沒有碰到多少人。今天晚上我便要去巴黎了，他以後一個人在這裏怎麼辦？走到街上我給他截了一輛計程車，他拉開車門，回頭沙啞的對我說：「請不要理我。」便上車去了。

文：

上面這封信還未寄出，現在我再來寫信把事情告訴你。我很晚才找到他的地址。公司裏有他和父親的舊地址，他父親也是配音組的，去年申請他來之後一個月便去世了。現在他孤獨一個人留在這陌生的城市。

我來到那幢屋子時已經黃昏了。我離上機只有大約四小時的時間。那是一幢戰後蓋的舊樓，外牆都染上了一層衰老的灰棕的顏色。我穿過昏暗的樓梯來到四樓按鈴。一個矮小的老婦人開門，用鄉音問我。我説「程若」，又用手比劃着他的高度和身型。她用心聽着，然後微微側着頭示意樓宇的末端。我慢慢向後邊的房間走過去。房門前垂着一條紫色繪着粉紅色花瓶的門帘，門沒有關上。我遲疑了一會、敲敲門外的板障便走進去。房間很小，他躺在中央一張很大的桌上睡着。他額角的傷口已經停止流血，上面結成一塊暗啞的瘀紅。他的手緊緊抓着那截染血的衣袖像抓着一束花。我走近拿手帕揩去他額上的汗，然後把門邊的椅子拉過來坐在他身旁。他的房間沒有窗，但板障上方可以看見廳子的上窗以及外面的一角天空。房內除了他睡的大書桌和一張椅子外，便只有沿牆放的一小排書，一隻大紗罩，幾袋用「惠康」的黃膠袋盛着的雜物，牆上掛着三件白襯衣，以及牆角那一柱柱齊腰的褶疊整齊的舊報紙。我走過時看到他的書，書的兩端給兩隻覆蓋的碗鎮着。書都很薄：《智慧語錄》、《如何令人喜歡你》、《交友一〇一》、《香港鳥類》、《社交辭令》等等知識性的書本。文啊，這善良平凡的靈魂，他多麼願意和世界相親。他帶着美好生活的憧憬及對一個城市的夢想前來，現在卻躺臥在塵埃裏。我轉頭看他，發覺他已經醒過來看着我。他看見我注視着他便緩緩轉過身去。我繞過書桌站在他面前。

他很蒼白，我看見蹺曲的青色的脈絡從額頭爬到臉的側面，彷彿淤塞的河道。這次他沒有轉過去，只緊緊閉着眼睛。現在天色差不多全黑了，我幾乎看不到他的臉。然後他輕輕指着上方從天花板低低垂下來的燈。我按下燈泡頂的電掣，一種昏暗的不透明的黃色亮光便流滿整個房間，彷彿把它遮暗了而不是照亮它。燈泡因我的動作而緩緩晃動着，他在搖動的燈光裏彷彿浮沉在黃色的湖水中，這時已經九時多了，飛機十二時起飛，十時半開始檢查。如果我十時左右離開還可以趕回家拿行李。

「請扶我起來。」

我慌忙把他扶起，心裏感到一點內疚。我支着他的肩膊讓他坐好，他皺着眉彷彿很疼痛，他們把他砸在堅硬的扶手上不知道有沒有弄傷他的腰，我輕輕拍着他的背。他坐在書桌邊緣沉重地呼吸。常常給外面的聲音驚嚇着。文，他不曉得他已經是在安全的地方了。又或者是我的出現，把他帶回他白天因一時驚愕而招致的羞辱。他雙手抓着書桌的邊緣虛弱地搖晃着。書桌的玻璃下夾着一些剪報：「神經衰弱者要做適量運動」，「醫學界人士證明雪糕甜食引致快樂」，「長壽食譜」，「如何清理百葉簾」。他所希望的，不過是健康快樂和長壽吧了，為甚麼這樣簡單的東西於他來說那麼困難。我看着他衰弱的臉，我曉得他被周圍的亮光徹底擊碎了。他慢慢移動雙腿找尋地下的鞋子。他的腳離地有一呎高，我把鞋子套在他的腳上扶他起來坐在椅子上。已經十時多了，護照和機票都在我的身上，若我不回家拿皮箱便來得及到機場。我回來會好好照顧他的。但現在呢？他怯弱而孤獨，隨時可以因為任何細微的事故倒下去。文，為甚麼我到這時候還是想着自己。

「你餓嗎？」我問。

「空氣很混濁。」

「出外走走好嗎？」

他沒有做聲，過了好久才慢慢伸出手來。我握穩了把他攙起來走到屋外。樓梯很暗。他握着扶手慢慢一步一步走着。二樓和三樓間放了一道沒有門鈕的門，反映着黯淡的燈光。我們慢慢走到街上，夜很暗，附近多是五金鋪、機器零件店、水喉店和香燭鋪，都關了門，遠處只有一家茶餐廳還亮着燈。夜有點涼，但不冷。他仍然穿着我的汗衫。他站着用手擋住往來的車燈。我扶他轉到屋旁一條寬闊的斜路。那裏沒有車，也沒有路燈。斜路末處是一個魚攤劏魚的地方，攤前面有幾張四方木凳。我把兩張拿過來背着大街坐着。魚攤裏面很暗，只看見兩棟高高疊着的竹籮抵着白色的瓷磚。他沒有動，他用手支撐着膝蓋用力地坐着。他身旁前方有一桶浸在水裏的魚皮，是忘了放進冰箱吧。膠桶的蓋子可能給貓撥翻了掉在前面的地上。四周很靜，對面橫內街的車輛轉入大街時給我們投下長長的影子。我看着隔壁的李錦記新廈高聳的黃泥色牆壁，忽然聽見凳子搖動的聲音，我轉過頭去卻看見他已經搖晃地站起來準備回去。他的手在輕輕顫抖，可能是覺得冷了。我趕忙站起扶他，但他已經轉過身把腳旁的膠桶踢翻了。水和魚皮濺了滿地，但他沒有察覺，他在濕滑地上走，摔倒了。我慌忙衝過去看他，他躺在地上一動也不動，水和魚皮在微光中發亮，慢慢從斜路上流下來滯留在他的頭上發出微弱虛幻的光芒。我俯身把他扶起，讓他躺在旁邊乾淨的路上。我把他的頭擱在我腿上，然後脫下襯衣擦乾淨他沾滿水和魚皮的頭髮和臉孔，我摩擦他的手腳希望讓血活過來。是不是他今早失血過多，所以容易暈厥？我得用熱水給他按摩。我扛起他放在右肩膀上慢慢走上斜坡，這時是十一時二十分，若我立刻乘計程車往機場或許還會來得及。但文，我如何可以拋下他？我知道我會永遠失去妻。妻是個倔強的女子，我沒法阻攔她，只能讓她自己發現。我已想過這結果許多次了。文，我現在和他同是一無所有的人，而他現在需要我。我觸着他冰冷的活魚氣味的身體，感到一種同命的悲哀。我感到一個人對另一個人的責任和義務。他很瘦，他的骨骼碰着我的肌膚。我們如此相似。風帶來對面市場腐爛的葱蒜的氣味。我扛着他一步一步向上走，斜路上有零星的磚塊，我心裏感到一種寂寥的平靜。從竹棚拆下來的蜷曲的籐絲，像球一樣滾過對街。對面的麪廠的門縫升起一陣白色的煙霧，他們一定在磨麪。

三月二十八日

——一九八六

叢林與城市間的新路

梁秉鈞

吳煦斌的小說裏，有不少跟大自然有關。一九七六年夏天，她到外旅行，細看了森林回來，說要寫一篇森林的小說。後來大家知道她在寫，但一直不見寫成，這樣過了差不多兩年，然後才讀到〈獵人〉。她一九七八年到美國深造生態學，在沙漠做實驗，在加州和猶他州看到洞穴壁畫，後來寫成〈牛〉。看過她作品的人，都會感到她對自然生態的關懷。

這種對自然生態的感情，當然與她作為一個生物科的學生和教師、後來在研究院從事生態學和海洋學的研究有關。但悠長而忍耐的寫作過程，則是她性格的本色了。吳煦斌的固執是她的缺點也是她的優點。當她想寫一件事，那必然已在她心中醞釀許久，而又無論如何不寫不行，只能千辛萬苦地把它寫出來。小說對她不是外衣或裝飾，是實在的事物本身。她固執地設法把某些東西表達出來，即使以笨拙的方法，或悠長的時間，也在所不惜。她會一直等到最後。如果有事阻礙，她會強韌地堅持到底。心無旁騖，不受困擾，只為抓住那最重要的。

〈獵人〉的自然環境重要，但當然更重要的是其中兩個人物：父親和獵人。在某方面來說〈獵人〉好像是她作品中的一個分水嶺，總結了她部分早期小說中經常出現的兩類人物：帶來新事物或嚮往新世界的追尋者，以及寬大包容的父親形象。她的自然背景彷彿是個想像世界，是尋根溯源的場景，那世界半來自認識半來自虛構，其中有它的考驗和規則，其中的人物有他們的軟弱和堅持。她固執地反覆從不同的故事追尋她重視的質素。她細緻描寫不是為了擬真，而是發揮幻想以對抗現實的欠缺，堅持對生命的熱愛和信仰。她的小說原始而笨拙，不似後現代小說伶俐的面貌。她相信的質素亦古老而莊嚴。她最早讀得最熟的兩本書，應該是荷馬的《奧德賽》和歌德的《浮士德》。六〇年代後期開始，她也讀了不少中國哲學和存在主義，翻譯過沙特的《嘔吐》，但她亦強韌得可以去正視《嘔吐》又從那裏出來。七〇年代初的一些詩作，比如〈山臉的人〉，並無當日現代詩的虛無，反而帶着那時現代詩比較少見的肯定的聲音。她最早嘗試把《百年孤獨》譯成中文，只是因為加西亞·馬蓋斯敍述的聲音裏有那種高貴和莊嚴，對土地的尊重。吳煦斌無所知地與文學的潮流相忘，自然生物裏有更廣闊的世界。她小說人物的質素向大自然看齊，〈獵人〉裏的獵人是森林，而父親便彷彿大地了。

她最早想向神話和傳說、古老的或異國的文學尋找那些日漸在現實生活中消失的質素。她曾經想過要寫關雲長的故事，改編《詩經》為小說；早期的〈佛魚〉和〈馬大和馬利亞〉，則是聖經人物的新寫。聖經裏當然沒有說及彼德曾否在召喚與愛情之間猶豫，以及在馬利亞身旁馬大的想法。吳煦斌的小說設想這些人物的困擾，要提供一個比較人性化的看法。彷彿是由於靦腆而不是由於對現代技巧的愛好，她的小說往往從一個小孩或一個較單純的男性角度去敘事。早期小說的題目都是最基本的：比如石、木、山、海，或者是魚……小說裏往往也有個比較樸素而完整的視野。開始寫得比較復雜的是〈木〉，副線寫敘事者與一個女子比較隱約的感情，主線寫敘事者與一位不同文化背景老詩人的溝通。在這普遍性的「溝通」主題底下，有個具體的背景。那位老詩人是四十年代的先行者，經歷了政治風暴的磨蝕而沉默，年輕詩人渴望見面交談，但接觸又帶來猶豫與恐懼。這篇小說寫於文革猶未過去的一九七五年，代表了一位香港小說作者對中國文化的愛慕與憂慮。

〈獵人〉繼續了〈石〉和〈山〉等，仍是以一個孩子的角度敍事，孩子在故事中經歷了獵人悲壯的失敗和父親的包容，這也可算是個關於成長的啟蒙故事。說〈獵人〉是個分水嶺，是因為在〈獵人〉之後，作者那種比較純樸的人生觀、完整而和諧的視野、誠懇信任的質素，受到更大程度的外在衝擊。作者無法不面對更複雜的世界，作更深入的探索和更錯綜的調整，嘗試重新建立新的秩序。在現實生活方面，作者在〈獵人〉發表後，離開了生活多年的香港，往美國加州攻讀生態學，其間她曾經在沙漠做實驗，研究野鼠(kangaroo rats 及 pocket mice)和沙漠植物的生態，也曾往猶他州等地觀察當地的洞穴壁畫，及鑽研法國及西班牙二萬年前的史前岩畫，亦讀了不少高羅．李維史陀(Claude Lévi-Strauss)、愛德華．威爾信(E.O. Wilson)、康里德．勞倫茲(Konrad Lorenz)等人的人類學、社會生物學及生態學的著作。生活上的變化，當然也在小說中見到痕跡。

吳煦斌尊重自然，也尊重文化。她反對扭曲自然，但同樣她也不會以為回到原始否定文化就是出路。她不是寫自然與文化的二元對立，而是同樣在自然和文化中尋找那些有意義而被壓抑被排拒的素質。〈牛〉的洞穴壁畫寫來令人讚歎，那二男一女的七日尋索之旅，彷彿是象徵性的。要回到原初、淳樸和諧的人際關係、言語還不曾歪曲分割的完整世界觀，似乎不可能了。人只能面對破碎重建。這時期小說的放逐主題，不僅是地域上，亦見諸言語和文化上，感情和對世界的認知上面。吳煦斌對主流的偏離，令她對邊際小人物更多同情，向偏遠的文化更深尋索。這種態度在後來的作品中都可以見到。小說對形式也更多實驗。

〈牛〉寫於一九八〇年，是她留美生活中完成的一則尋索為題的生命寓言。回港後一九八五年的〈一個暈倒在水池旁邊的印第安人〉也有她在聖地牙哥完成生態學碩士後在史氏海洋研究所(Scripps Institute of Oceanography)修課的背景，但兩篇都超越一般的留學生小說，是文化小說的新章。她筆下的自然世界豐美繽紛，但她卻非浪漫的懷舊，也非歌頌原始，她的自然素質存在於最現代化的科技世界中，成為一種反省與批評的參照。〈一個暈倒在水池旁邊的印第安人〉用了虛構文件的體裁，一九八六年的〈信〉則用了書信文體。作品不多的作者，並不重複已有的成績，每一新篇都開展新的嘗試。〈信〉更完全是城市文化的背景，以在電視台從事美國劇集的翻譯員作為敍事者。這時期的作品繼承早期作品的人性關懷，特別令人感到作者對邊際弱勢小人物的同情。吳煦斌開始創作，是在七十年代初香港比較友善的文藝氣氛之下，她參與一九七二年《四季》和一九七五年《大拇指》的創刊和編輯工作，既從事翻譯也開始發表風格獨特的短篇。但她在八十年代回到香港以後，情況逐漸改變了。〈信〉作為另類的都市小說，讀者讀到小說中對都市文化中主流傳媒和習見想法的反思。

吳煦斌作品不多，但文字優美、意境深遠，放在現代中文小說的傳統中自有她的特色。她小說的魅力一向來自文字本身，讀來令人覺得作者對每個字都重視，都帶着個人感覺，是她獨特的世界觀令文字不隨流俗。這個不擅酬酢的人，不以文字寒暄。別人抄襲她的想法、摹造她的世界、或反過來否定她也似乎渾然不覺，只顧如荷索電影中的賈斯伯．賀西，用拇指捺着食指艱難地說話，企圖說出真實的感覺、不曾僵化的字。這位十多年間發表了一系列短篇的作者，得到一些好評，也頗有些論者認為艱深。希望這小說集的出版，可以幫助我們比較公平地回頭看一位香港作者獨自開闢出的新境。

本文原係《吳煦斌小說集》序言。台北：東大，一九八七。二〇一二修訂，收錄於《城與文學》。杭州：浙江大學出版社，二〇一三。